KB130964

청어詩人選 450

예향 이종명 첫 시집

도서출판
청어

축사

열두 살 소년의 꿈 너머 꿈을 추억하며

장재민
(前 교장 · 1975년 초등학교 5학년 담임교사)

등단 첫 시집 발간 진심으로 축하합니다.

농부가 땀 흘려 가꾼 농작물도 첫물 첫 수확이 보람이 크고 취업한 사람의 첫 봉급도 남다른 감회가 있는데 첫 시집을 선보이는 예향님의 감회는 출발선의 선수 같은 희열과 두근거림이 아닐까 생각합니다.

초롱초롱 해맑은 꿈동이와 20대의 설익은 선생님이 5학년 담임이라는 인연으로 처음 만나 배움과 가르침으로 엮어진 47년 전의 빛바랜 사제의 추억을 회상하기란 망각의 한계를 넘어 퇴색된 영상을 보듯 선명하지 않습니다. 하지만 특별히 진지한 학습 태도와 올바른 생활면 전반 학교생활의 모범을 보였던 예향님의 모습은 쉽게 추억할 수 있고 총명함과 집중력, 명석한 지적 활동과 논리적 사고력을 통한 모범적 학습활동은 남다른 모습으로 각인되어 있습니다.

언젠가 몸이 아파 장기 결석 함에 가정방문을 간 것이 그렇게 고맙고 감동적이었다는 애기를 들었을 때 지극히 당연한 방문이었는데, 그 작은 온정에 고마움을 표현하니 내가 더 쑥스럽기도 했답니다. 예향님과 함께 동고동락하던 그때 친구들은 정말 때 묻지 않은 순수와 동정심으로 어려운 친구들을 위로하고 도와주며 함께 더불어 살아가는 공동체의식과 공동선을 추구하는 협동심으로 교우관계가 원만하고 다정다감한 우정들을 나누었습니다.

47년 전 그 꿈동이들의 추억을 회상해 봅니다. 논 밭둑길 도란도란 이야기꽃 피우며 걷던 등하굣길은 고향의 봄, 동네 한 바퀴 등 음악 시간에 배웠거나 이미 알고 있는 동요를 부르며 때 묻지 않은 순수의 동심을 노래하며 저마다 재미있게 읽었던 동화나 옛날얘기로 무지갯빛 꿈을 그렸으리라 봅니다. 부담 없이 신나게 뛰놀던 체육 시간엔 축구와 피구가 최고의 인기 종목, 미술 시간엔 부담 없는 창작활동으로 나름 작가가 되고, 기다려지는 음악 시간엔 누구나 노래가 좋아 목청껏 즐겁게 박장대소 노래 부르며 재미없었던 주입식 암기 교육의 스트레스를 해소했습니다.

누구나 예체능 수업 시간을 좋아했던 것은 본인이 직접 참여하는 체험학습이었기 때문이라고 봅니다. 그때는 지필시험 위주 한 줄로 세우는 주입식 암기 교육이 주가 되었음을 지금 생각하면 격세지감을 느끼며 때늦은 후회와 반성 나름으로 성찰의 시간을 갖게 됩니다. 어쩌면 확산적 사고, 창의력 신장, 개성 소질 계발 등 꿈을 심고 가꾸는 교육활동에 역행한 교육 방법이었습니다.

유소년 시절 예향의 꿈이 잉태된 곳, 백두대간이 태백준령 따라 흐르다가 하늘 닿은 백암산 바라보며 높은 이상 꿈의 나래를 펴고 남대천 맑은 물에 발 담그며 마음밭에 꿈을 다듬고, 무지개다리 놓은 등기산 올라 드넓은 동해 바라보며 미래의 꿈을 그리던 평해 학곡 고향은 늘 따뜻한 어머니의 품이고 예향님의 꿈을 고이 품어 가꾸어준 포근한 보금자리였습니다.

천진난만 좌충우돌 굴레 벗은 동심의 남대천 은어 사냥 행사는 잊지 못할 추억입니다. 물 반 고기 반 남대천에는 6~7월경 동해에서 은어가 올라옵니다. 준비한 대나무 장대나 막대기, 철사 등으로 냇바닥을 치면 눈 뜬 은어도 눈 감은 은어도 원시적 수렵 도구 막대기에 맞아 기절하고 맙니다. 멱도 감고 고기도 잡고 모래밭 까치집도 짓고 묵은 때도 벗기고 물장난도 하며 정신없이 놀다 보면 한 시간이 순식간에 지나갔습니다.

고기를 잡으러 바다로 갈까나 고기를 잡으러 강으로 갈까나. 지금도 이렇게 무아지경의 즐거움과 신나는 시간을 가질 수 있을까… 때 묻지 않은 순수의 꿈동이들, 저마다 예쁜 꿈 심었을 그때 그 친구들, 그 아름다운 꿈들은 예향님처럼 학생들에게 또는 귀여운 자녀들에게 아름답고 곱게 피울 수 있으리라 믿습니다. 티 없이 맑고 순수했던 초등학교 시절, 물 맑은 남대천과 산천 수려한 대자연 그리고 따뜻한 부모님의 사랑을 듬뿍 받으며 자란 동심의 심전에서 꾸밈없이 일궈낸 예향님의 첫 시집에 주옥같은 보석 아름다운 시로 탄생했습니다.

아롱다롱 꿈 너머 꿈을 꾸는 미래의 교육 비전을 담은 초등학교 교장선생님으로서 부단한 교육 연구와 남다른 교육철학 뜨거운 열정으로 아이들에게 아름다운 꿈을 심어 미래의 이 나라 동량으로 자리매김하는 데 큰 역할을 하리라 믿습니다.

예향님의 첫 시집 발간을 기쁜 마음으로 축하하며 남은 4년도 미래의 지구촌 우주를 품을 꿈나무들에게 꿈 전도사가 되길 바랍니다. 문학도의 깊은 고뇌와 끝없는 사색의 고행, 언어 예술 창작의 연금술사가 되어서 작품을 통해 아롱다롱 영롱한 꿈들이 저마다 고운 꿈 예쁜 꽃으로 다시 피어나 오염된 세상을 깨끗하게 정화할 수 있는 연꽃처럼 티 나지 않는 아름다움, 심연의 큰 울림 주는 멋진 작품의 탄생을 기대합니다.

축사

꿈지기 선생님

음덕진

(원주 학곡교회 담임 목사)

이종명 교장선생님과의 처음 만남은 4년 전이었습니다. 첫인상은 젊었으며, 능력 있는 분이라는 생각이 들었습니다. 시간이 지나면서 양파껍질을 하나씩 벗기듯이 교육에 대한 열정이 있는 분이라 생각하던 중, 진심으로 아이들을 대하는 모습에서 순수함을 보게 되었고, 본 교회 예배시간 설교에 집중하는 것을 보면서 교육과 생활의 모토를 기독교 신앙에 두고 있음을 알게 되었습니다.

2022년 시조시인 시인 동시시인 신인문학상으로 등단하였다는 소식을 듣고는 새로운 장르를 개척하는 더 넓은 세상을 보는 분이라는 생각을 하였습니다. 시를 쓴다고 하는 것은 열정만으로 되는 것도 아닐 텐데, 인생의 여백과 공백을 볼 수 있는 선지자적 안목을 가지고 있음을 인정하게 되었습니다.

처음으로 개인 시집을 발간하면서 제목을 『첫시간 첫마음 첫호흡』이라고 지었으니, 무엇을 말하고 싶었을까? 현실에 지치고 복잡한 삶 가운데서, 처음 가졌던 목표,

소망, 행복을 늘 앞에 두고 더 높이 오르려는 꿈지기 선생님으로 살아가고픔이 그대로 느껴졌습니다.

많은 시간을 아이들과 함께했고, 아이들에게 꿈을 심어주고자 노력한 것이 교장선생님의 시 안에 그대로 녹아있음을 보았습니다. 그 하루를 시작하는 새벽에 그 꿈을 이루기 위하여 창조주이신 하나님께 간절히 기도하는 모습이 시집을 통해서 그려졌습니다.

첫 시집 출판을 진심으로 축하드립니다. 어찌 세상에 좋은 일만 있으리이까. 꿈이 있고, 기도가 있었지만 표제작「첫시간 첫마음 첫호흡」안에서 "지나온 세월이 엊그제 같은데/ 내 안에 들어온 가족/ 곁을 내어준 이들에게/ 상처 주고 마음 곪게 했으니/ 나의 십자가 지고 살게 하옵소서" 교장선생님 인생의 한 면을 봅니다.

앞으로 시를 통해 기도하면서 꿈을 이루고 행복을 품은 어린아이와 같은 꿈지기로 하늘을 훨훨 나는 독수리가 되기를 기도하고 응원하며 축복합니다. 이 시집을 많은 분께 추천합니다. 위로와 소망을 주는 많은 시가 담겨 있습니다. 읽으시면서 마음을 치료하는 시간이 되길 소망합니다.

시인의 말

오직 감사한 마음으로

'나의 살던 고향은 꽃피는 산골 복숭아꽃 살구꽃 아기 진달래 울긋불긋 꽃대궐 차리인 동네 그 속에서 놀던 때가 그립습니다' 그 꽃동네에서 놀던 아이가 꿈꽃 꿈빛 꿈별의 아이들을 가르치는 선생님이 되고, 시인이 되어 신앙과 가족, 인생과 교육, 그리고 사랑을 노래하는 첫 시집 『첫시간 첫마음 첫호흡』을 펴냅니다.

뒤돌아보면 12살 꿈꾸던 초등학교 시절이 엊그제 같은데 벌써 초로의 60살이 되었습니다. 몸은 나이가 들어가고 있지만 마음은 여전히 초등학교 5학년입니다. 봄이면 진달래 먹고, 여름이면 물장구치고, 가을이면 메뚜기 잡고 겨울이면 썰매 타던 그 시절이 여전히 어제 같기만 느껴지는 영원히 꿈꾸는 소년, 꿈동이입니다.

선생님이 좋아서 선생님이 된 지도 벌써 38년이 되어가고 있습니다. 탄가루가 날리는 강원도 도계 장원초등학교로 1987년 첫 발령을 받아 리코더를 가르치며, 학급문집 『초록이』를 발간하던 그때가 가장 기억납니다. 처음 2년 동안 가르치던 아이들의 이름과 얼굴이 지금도 생생하게 떠오릅니다. 그 아이들과 2018년 7월 28일, 28년 만에 만나 세상에서 아름다운 하루를 보냈습니다. 교육자로서 가슴 뿌듯하고 설레는 날이었습니다.

'연못가에 자라는 한송이 백합 천사 같은 흰옷을 입고 싶어서 맑은 샘물 거울에 몸을 비치며 푸른 하늘 우러러 기도합니다' 초등학교 어린시절 년부터 다니기 시작했던 평해감리교회 주일학교 예배 시간에 배웠던 백합찬송은 신앙의 모토가 되어 평생 기도하면서 겸손과 섬김의 신앙인의 길을 가고자 노력하고 있습니다.

저의 시 세계는 크게 '교육과 사랑, 가족과 인생, 그리고 신앙'이라는 다섯 주제로 나눌 수 있습니다. 교육에 있어서는 38년간 교직의 길을 걸어오면서 가르치고 배우며 함께한 동료 교원, 꿈지기로서 아이들의 꿈을 노래하고 있습니다. 사랑은 아내와 살아오면서 실제로 겪은 내용을 바탕으로 아내 사랑을 주로 묘사하고 있습니다. 가족을 소재로 하는 시는 부모님에 대한 효도, 아이사랑을 주로 표현하고 있으며, 인생에 있어서는 살면서 겪은 일들, 그 밖 주제의 소재들을 인생에 포함하여 나타내고 있습니다. 신앙에 있어서는 가족을 위한 기도, 하나님을 찬양하며 그분을 따라가는 삶을 살고자 하는 내용이 주를 이루고 있습니다.

첫 시집 『첫시간 첫마음 첫호흡』에는 시조 3편, 동시와 시가 74편 모두 77편의 시가 수록되어 있습니다. 시조와 동시, 시는 실제로 살아오면서 겪은 일을 바탕으로, 누군가가 읽어도 쉽게 이해하고 공감할 수 있도록 시를 쓰고 있습니다.

첫 시집을 발간하면서 마음과 시선, 위로와 소망, 비전을 주시고 늘 시적 영감을 주시어 열매 맺게 하시는 하나님께 영광을 드립니다. 매일 사랑하지만 설레게 하는, 나보다 더 큰 시심을 가고 나의 마음으로 시와 함께하는 아내에게 고마운 마음을 전합니다. 곁에 있기만 해도 힘이 되는 딸과 아들, 양가 두 어머님께도 기쁨을 나눕니다. 2023년 10월 2일 돌아가신, 지금은 천국에 계신 아버님께 불효자식이 이 시집을 바칩니다.

고운 인연으로 지금까지 함께 인생의 길을 가고 있는, 잠시 스쳐 갔지만 좋은 인연을 맺은 모든 분께도 감사드립니다.

체계적으로 시를 지도하여 주신 시인 권오영 선생님께 기쁨을 드립니다. 시와 동시의 창작 방향을 설정하여 주시고, 위로와 소망을 줄 수 있는 시인이 되도록 주신 말씀 늘 간직하겠습니다. 시조시인으로 창작활동을 독려하여 주시고 곁에서 늘 좋은 말씀을 주시는 누님 같은 시인,

시조 시인 박초야 선생님께도 기쁨과 감사를 드립니다.

아직 시인으로서는 부족하지만, 더 공부하고 연구하여 모두가 공감하고 쉽게 이해할 수 있는 시조, 시와 동시를 쓰겠습니다. 앞으로도 가르침으로 항해하면서 12세 아이의 마음으로 꿈과 희망을 줄 수 있는 꿈꽃 꿈빛 꿈별의 시조, 시와 동시를 쓰겠습니다.

2024년 여름
첫 시집을 펴내며
이종명

차례

3부_가족_아버지를 위한 시

4부_인생_고운 인연

5부_신앙_첫시간 첫마음 첫호흡

1부_교육

네가 나의 꿈이야

온 세상을 품어
따뜻하게 수놓아 나갈
네가 나의 꿈이야

꿈꽃

꿈꾸고
꿈심어
꿈자라

꿈키워
꿈피어
꿈펼쳐

꿈꽃

꿈꽃으로 오는 초록이들아

개나리꽃 진달래꽃 제비꽃 꽃다지
초록빛 새싹 움트는 봄길 따라서

고운 꿈 가슴에 살포시
엄마 아빠 손잡고
두근거리는 마음으로

햇살 따스한 치악산 토동골
봄빛 내리는 청정 배움터
입학으로 오는 초록이들아

몽글몽글한 꿈꾸고
올망졸망 배우며
무럭무럭 자라나

사랑스레
마음 밭 가꾸고 지혜를 키워
온 세상 아름답고 향기롭게

저 푸른 하늘로 날아가고
저 넓은 바다로 노저가고

마음껏 너의 꿈 펼쳐보렴

세상을 꽃피우는 첫발자국 꿈꽃들아

반 발자국, 꿈놀래

엄마 좋은 정규
아빠 좋은 진주
떨어지기 싫어 찔끔
잉잉 유치원 가지요
이리 놀며 저리 놀며
꿈보며 꿈몰라 꿈놀래
칭얼칭얼 어리광쟁이
너도나도 꿈꽃 반 발자국

첫 발자국, 꿈꾸고

엄마 아빠 손잡고
어리둥절 입학
이곳 기웃기웃
저곳 빠끔 빼꼼
어설프고 새롭고
설익은 꿈꾸고
보송보송 귀염둥이
개나리꽃과 시작 첫 발자국

두 발자국, 꿈심어

1학년 교실 보이고
교무실 보건실 잘 가고
1학년 동생들 보면
웃음이 하하 호호
하루하루 자라며
작은 가슴에 꿈 심어
앙큼상큼 애교쟁이
진달래꽃 빛깔 두 발자국

세 발자국, 꿈자라

의젓한 3학년
나 홀로 다 할 수 있는
맘 자람 키 자람
닮은 듯 다른 우리
함께 울고 같이 웃으며
무럭무럭 꿈먹고 꿈자라
블링블링 개구쟁이
장미꽃 내음 세 발자국

네 발자국, 꿈키워

어느덧 중년
꿈 찾아서 헐레벌떡
공부하랴 학원 다니랴
할 일도 많아 바빠
빨주노초파남보
무지갯빛 꿈 키워
톡톡틱틱 심술쟁이
봉숭아꽃 감성 네 발자국

다섯 발자국, 꿈피어

아름다운 숙녀
품위 있는 신사들
꿈꾸고 디자인하며
나누고 베풀어 온기 가득
동생들 살피고 학교 알리며
아름드리 꿈피어
요래조래 상큼쟁이
국화꽃 향기 다섯 발자국

여섯 발자국, 꿈펼쳐

속 차고 몸 훌쩍 자라
미래로 세계로 우주로
온 마을과 배우며
짧은 인생 가슴 찡한 이별
지나온 세월 속 감사 그리움 담아
온 세상 품고 큰 꿈 품고
해맑은 꿈 펼치러 떠나가는
별빛같이 빛나라 매력쟁이
코스모스 닮은 여섯 발자국

네가 나의 꿈이야

고운 꿈 가슴에 여며
꿈길 따라 사뿐사뿐
한 송이 꿈꽃으로
한 줄기 꿈빛으로
꿈 향해 한 걸음 한 걸음

때론 넘어지고 좌절하지만
다시 일어나 힘차게 앞으로
때론 슬프고 아파하지만
나를 달래어 밝은 발걸음으로

위대한 도전, 선행과 나눔으로
멈추지 않는 열정으로 꿈키워

천 일의 간절한 마음 담아 비오니
그 바램의 향기 하늘에 닿아서
꿈 피워 세상을 빛나게 하소서

아름다운 눈물과 꽃을 품고
지극히 작은 자를 위하여 헌신하는
받는 것보다 주는, 가슴 뛰는

온 세상을 품어
따뜻하게 수놓아 나갈
네가 나의 꿈이야

꿈빛

세상을
깨우는 빛

세상을
비추는 빛

세상을
밝히는 빛

세상을
아름답게 하는 빛

꿈빛

꿈별

반짝반짝 쪼르르
깜빡깜빡 새르르
꿈담아 꿈품은 별
초롱초롱 꿈빛나
니별 내별 함께별
꿈별

시 쓰는 아이들

쏘옥쏘옥 손 내미는 새싹
얼굴 붉힌 연분홍 진달래
노란 꽃잎 조롱조롱 개나리

풀빛 내음 가득한
꽃빛 봄하늘 아래서

수줍음 많은 1학년 지아
말없이 묵묵한 2학년 윤재
애교 많은 3학년 시현

꿈꽃을 피워서
꿈빛을 비추어
꿈별로 빛날
시 쓰는 아이들

꿈을 노래하고
마음을 노래하며
어린 인생 읊조려

몽글몽글한
여린 마음길 담은
나만의 색깔을 찾아가는

시 쓰는 치악산 시인들

부채

홍조 띤 빠알간 볼
고사리 같은 작디작은 손
초롱초롱한 눈망울
2학년 세은이
부끄러워 살포시 내민 손
시원하라고 만든 부채

삐뚤삐뚤
교장선생님이라고 쓴
비행기 같기도 하고
꽃 같기도 한 색종이 부채

그 마음이 예쁘다
세은이가 부채다
여름이 시원하겠다

그게 바로 너야

단정한 단발머리
동그란 귀여운 얼굴
작은 숙녀 사랑이

'교장선생님' 시로 위로주고
'나의 꿈 제빵사' 시로 꿈 찾은
통통통 매력 가진, 13살 소녀
지금, 너의 모습 내가 바라던 너야

안되는 일 좌절하지 말고
힘든 일 헤쳐 나가고
약해지지 마, 힘내 힘내
희망이 네게 다가올 거야

일곱 색깔 무지갯빛 꿈
한뼘 한뼘 이루어가야지
네가 그리는 세상은 희망이야
너는 할 수 있어 그게 바로 너, 사랑이야

벽이 그린 꿈

조잘조잘 종알종알
1학년 7명 5학년 2명
6학년 우와 14명
45명 토동골 꿈 그리는 아이들

2학년 예원이 수의사
3학년 다래 가수
4학년 태우 제빵사
곱디고운 아이들의 꿈

혼자 그려서 색칠하는 꿈
같이 그려서 덧칠하는 꿈
벽 가득 그려진 아이들의 꿈
벽이 그린 아이들의 꿈

꿈 그리는 벽 없는 벽
꿈 가득한 벽 없는 아이들
꿈 모여서 꿈꽃 활짝 핀 벽
네 꿈이 예쁘다 꿈이 이루어질 거다

알록달록 꿈 가득한 세상
둥글둥글 벽 없는 세상
아이들이 만들어갈 세상

총각 무우 배추 아가씨

총각 무우 배추 아가씨
시집 장가가는 날

늦가을 내리는 밭에서
연지곤지 꽃단장하고
아이들을 기다렸지요

석 달 동안 영양분 먹고
사랑으로 보살피는 정성 먹으며
무럭무럭 싱싱하게 자라나
학교 텃밭을 떠나는 날이네요

우와 무우가 굵다
와우 배추도 크다
무우 쑥쑥 배추 쭉쭉 뽑혀서
키워준 분들과 작별하고

하늘이와 셋이 손잡고
병욱이 등에 둘이 업혀서
새로운 보금자리로 가지요

반갑게 맞이하는 그곳에서
김치, 동치미로 새롭게 태어나는
총각 무우 배추 아가씨의
아낌없이 주는 일생

장맛비 온 뒤

무지갯빛 모자 눌러쓴 치악산에
주룩주룩 장맛비 그치면
아낙네의 애타는 땀 흘림으로
7월 햇살 통통히 알 키운
옥수수 익어갈 채비를 할 거다

온 마을이 함께 가르치는 토동골에
톡톡톡 장맛비 그치면
난 네가 되고 넌 내가 되어
난 너를 돕고 넌 나를 돕는
사람을 배우는 배움이 펼쳐질 거다

지치고 곤한 마음 위로하려
온종일 울음보 터트린 장맛비 그치면
꿈다움 참다움 나다움의 가르침으로
세상을 아름답고 곱게 만들어가는
알록달록 아이들의 미래가 그려질 거다

여름방학

야호!
여름방학이다
마음대로 놀고 싶은

학원도 엄마 잔소리도
선생님 숙제도 없는

시골로
온종일 멱감고
고기들과 놀아주고
매미와 노래하며 잠자리 따라다니고

밤이면
여름방학만 친구 모기와 씨름하며
반딧불과 인생을 이야기하는 사이

번갯불보다 빠른
하루하루 휙휙 지나가고
할 일 많은 바쁜 개학이 눈앞에

꿈꽃들의 가는 앞길에

– 졸업 축하 시

토닥토닥 싸우고 삐치고 티격태격
울고웃던 가슴 찡한 순간 간직하고
졸업으로 꿈 너머 꿈 찾아 떠나는
너희들의 가는 앞길에 축복 있어라

맘 모아 땀 모아 가꾼 텃밭 화단
성산일출봉에서 본 갈대밭의 출렁임
옥수수 따고 무 배추 뽑고 꿈자람 맘자람
시 지으며 목 터져라 응원하던 운동회
추억으로, 이제는 헤어져야만 하나

개구쟁이 맡은 첫날 밤 두려움 반 설렘 반
졸업 전날 밤 아쉬움 반 미안함 반으로
하얀 밤새운 선생님, 돌본 부모님 맘 알리라
눈물로 잡은 손 놓지만, 훗날 웃으며 만나리

얘들아!
강하고 담대하여라
누군가 너희들과 동행하며
네게 큰 힘 늘 주시리라
지혜와 키가 자라며 온 세상
사랑받는 사람이 되거라
너희들의 걸음걸음 가는
앞날에 꽃길만 가득하리라

꿈꾸고 꿈심어 꿈키워
가시는 길, 향기롭게 꿈 피우소서

얘들아, 꿈꽃으로 오너라

- 작은 학교 살리기 위한 홍보 시

치악산 산기슭 토동골
사계절 고운 빛 내리는
아이들 희망 영글어가는 청정배움터
몽글몽글 꿈 피어오르는 꿈 키움터

초록빛 어린 봄하늘 아래서
삼각멘토링으로 꿈꾸고
연둣빛 아린 여름하늘 아래서
꿈자람 맘자람으로 꿈자라며

붉은빛 물든 가을하늘 아래서
시낭송으로 꿈 널리 알리고
회색빛 시린 겨울하늘 아래서
꿈끼발표로 꿈 함께 피우며

기쁨은 더하고 슬픔은 나누는
나보다는 남을 배려하는 어울림으로
토닥토닥 서로를 따스하게 품어주고

너도 잘하고 나도 잘하는
도전, 선행과 나눔으로
혼자서 더불어 배워서

지성을 기르며 덕성을 가꾸고
감성을 틔우고 열성을 갖추며
체성을 키워서 꿈을 펼치는

온마을이 가르치는 교육터
꿈 너머 꿈을 심는 나눔터
실컷 맘껏 함께 노는 모두놀터로

얘들아,
새벽 깨운 아침 길 따라
즐거운 배움 가득한 학교로
향긋한 발걸음으로 오너라

너희들과 함께 꿈꾸면서
꿈이 꽃필 수 있도록 도와줄게

꿈꽃

그대와의 아름다운 이별

– 4년간 정든 학교를 떠나며(2023. 08. 31)

낯설고 떨리기만 한 첫날
우두커니 말없이 바라보던
오라는 그대와의 어색한 만남

도전, 선행과 나눔 꿈교육으로
서로에게 매여 마음 녹아내리고
울고 웃은 짧고 긴 4년의 동행

그대가 나를 내가 그대를 그대는 내게

함께 한 흔적들 곳곳에
꿈 희망이 영글어 가는
토동골 청정 꿈자람터

한마음 품고 뜻을 합하여 헌신으로
섬기고 가슴 떨며 함께 즐거워한
내 안 살아 위로주는 교육동역자들

어느 사이에 다가온 이별
가라는 그대 환하고 밝은 미소
나도 모르게 눈물이 납니다

그대여, 그대가 내가 되어
37명 초롱초롱한 고운 꿈
꿈꽃으로 활짝 꽃피게 하소서
꿈빛으로 반짝 빛나게 하소서
꿈별로 하늘별이 되게 하소서

아이들과 걸어온 시간 걸어갈 시간
꿈 너머 꿈꾸는 설렘의 가르침으로
나눔 희망의 닻 달고 항해하게 하소서

그대는

– 학교를 위해 헌신한 여사님께

누군가의 칭찬에도
아랑곳하지 않고
멈추고 옷깃 여미며
마음도 넉넉하고 겸손한
나눔의 영양제 아픔의 치료제

꿈교육으로
꽉 찬 내 머릿속
한줄기 도움으로 다가와

꽃 한 송이 식물 한 포기 나무 한 그루
땀 송글송글 새끼손가락 휘며
함께라서 기쁘게 심고 가꾸어
알록달록 무지갯빛 꿈
샘솟게 하고 자라게 하는

천 개의 부지런함으로
한결같은 성실함으로
아이들의 꿈을 응원하는

그대는,
그저 그렇게 그 자리에서
지금처럼 묵묵히 있기만을 바라는
선한 사람입니다

28년, 그 긴 그리움

– 1988~1989년, 2년 동안 가르친
 첫 제자와의 만남 후에(2018. 07. 28)

만나지 않아도
만난 듯 가슴 설레고

곁에 없어도
곁에 있는 듯 보고픔 오롯이

28년 묻어둔 긴 그리움
어린 시절 추억 가득 안고
초록빛 싱그러운 여름 길 따라
한걸음 달려온

몸과 마음은 커졌어도
홍조 띤 앳되고 앳된

그 모습 그대로
마음속 들어와 있는
꽃무릇 사랑 여섯 발자국

촉촉이 젖은 마음 밭 꽃불로
한여름 붉은 그리움 활짝 피었어라

선생님

– 1975년, 초등학교 5학년 담임 선생님께 드리는 시

오랜 세월 지나도
가슴속 뭉클히 남아

5월이면 아련히 떠오르는
초등학교 5학년 시절

몸 아픈 제자 찾아서
먼 길 한걸음에
달려오신 선생님

그 선생님이 좋아서
선생님 된 지도 37년
꿈꽃 꿈빛 꿈별로 꿈심고
꿈 너머 꿈을 가르쳐도
아직도 어설프고 부족한 스승의 길

혼자 힘들지 않게
혼자 아파하지 않게
다독이고 귀 기울이며

어린 꿈 곱게 색칠하고
어울려 나누고 함께 공부하며
마음은 곧고 행동은 반듯하게

울림과 떨림이 있는 큰 가르침 주신

그런 선생님 닮고 싶은 5월에

여름비 같은 사람

꽃잎 사이로
빗방울 투둑투둑

마음속으로
빗물 톡 토닥토닥

꿈결인 듯
아련히 내리는 여름비
지나간 일 조곤조곤

무거운 짐 지고
교육동역자로 다가와

지친 마음 다독이고
깊은 아픔 어루만져
고운 노래로 힘 솟게

꿈 흐르는 음악으로
아이들 꿈 뜨락 적셔
새록새록 꿈꾸게

아낌없이 주는 여름비 같은 사람이여

그대 앞날에

– 43년 정든 유치원을 퇴임하는 선생님께(2023. 08. 31)

한평생
오직 한 길

어미 닭 큰 두 날개로
아장아장 노랑 병아리
큰 품으로 포근히 보듬어

때로는
친구처럼 아이 되어 놀고

때로는
엄마처럼 달래고 돌보며

보이지 않는 곳에서
은은한 향기 내뿜는 들꽃처럼
오직 주는 것으로만 행복해한

웃고 울며 지나온 40년
꽃길 웃음길 다가온 60년

다음 생애도
삐약삐약 가르침의 길

그대 떠난 자리 향기로 남아

아이사랑 국화사랑

– 40년 정든 학교를 퇴임하는 선생님께(2024. 02. 28)

반평생 아이사랑 인생전반 가르침 항해
내 안의 온갖 열정 쏟아낸 옹골찬 교육
인생 1막 꿈심어 꿈키운 참스승 참된 삶

반평생 국화사랑 인생후반 국화꽃 항해
맘으로 정성으로 길러낼 국화이야기
인생 2막 활짝 꽃피울 멋사람 멋진 삶

주사랑 안에 살며 설렘과 희망으로
다시금 꿈꾸는 활기찬 새로운 시작
국화꽃 향기만 가득 그대 가는 앞날에

넷이서 목포로

겨울 뜨락 봄날
한사코 가자는

곤한 마음 안아주고
아이들과 함께 웃고 운
교육으로 달려온 일평생

보듬고
토닥토닥 주변 아울러
불그스레 익어 고운 향기 나는 사람들

넷이서 목포로
준비 없는 동행을 하고
준비 못 한 위로로 숨 멎은

온전한 시 한 편이 된 목포의 눈물
말없이 출렁이는 고하도의 용머리
쪽빛 바다 두른 학이 살아 나르는 삼학도

더는 말하지 마라
배움으로 웃고 인생을 나눈
3박 4일 목포로의 교육 항해
지치고 곤한 마음 다독여준
붉은 손길 머문 인연이 시리다

인생의 빛나는 시절을 함께 한
그대들은 만년 스승, 교육 동반자

2부_사랑

아내와 둘이서

돈우고 용기주며
둘이서 알콩달콩
내 생애 최고의 선물
늘 힘주는 아내와

가을하늘 아래서

꽃향기 가득한
가을하늘 아래서
나 그대의 진실함을 보았네

부끄러울 때 수줍어할 줄 알고
슬플 땐 흐느낄 줄 아는
내 사랑하는 소녀의 순진한 마음을

속세에 물들지 않고
거짓됨에 때 묻지 않은
한 송이의 국화
그 국화가 그대이길 나는 바라네

주여!
내가 한 송이의 국화를
영원히 사랑하듯이
나 또한 그대의 작은
가슴에 꺼지지 않는
등불이 되게 하소서

님을 그리며

내 마음의 눈물 속에
피는 꽃이여
언제나 입 맞추고 싶은
나의 사랑 그대여

흰옷 입은 그대의 모습은
사랑의 천사
언제나 날 위해
꽃피어 주소서

첫 고백

향긋한 웃음
마음 사르르

감미로운 목소리
가슴 스르르

얼굴 붉으락
온몸 활활

눈 마주치지 못하고
무슨 말을 하는지

시간이 멈추어지고
심장이 멎을 듯

그대가 앞에 있어
눈부시고 아름다운 세상

바라만 보아도
황홀하게 빠져드는

내 모든 것을 앗아간
그대, 그 사랑만으로도

사랑

힘들 때
아플 때 슬플 때
떠오르는 사람

좋아하는 사람이
무엇을 원하는지 알고
함께하는 사람

설레는 마음보다
편안한 맘 주는 사람

사랑의 정답이
무엇인지 잘 모르지만
내가 푼 사랑의 정답은
늘 내 곁에 있는 너야

가슴 한쪽이 녹아내립니다
그대는 나의 호흡, 전부입니다

가을 든 그리움

이른 가을 든 성산일출봉에 오르니
헉헉거리며 발길 따라 쫓아온
불쑥 내 앞으로 나선 그리움

바람을 마주한 억새의 일렁임보다
내 안에 물밀듯 밀려와 출렁이는
한 방울 붉게 물든 그리움

초록빛 찰랑거리는 억새풀 숲
푸른 물결치는 에메랄드빛 바다
쪽빛 고운 가을하늘 보면서

켜켜이 쌓인 보고픈 마음
달래려 또 달래려 해도
오롯이 빠져드는 그리움

그대여
하늘바람 길 따라
그리움 가득한 내게
향긋한 가을바람으로 다가오소서

진달래꽃

봄빛에 파르르
가녀린 몸 떨며
망울망울 꽃봉오리

발그레한 입술
울음보 터트린
진달래꽃

수줍은 미소 머금고
봄 알리는 고운 빛
여리어 아리어라

알록달록 예쁘게 차려입고
사뿐사뿐 다가오는 연분홍빛
곱디고와서 가슴 뛰어라

온 세상 수놓은 한 폭 수채화
내 마음 붉게 물들이는
아내 닮은 진달래꽃

아내와 오일장날

원주 횡성 오일장날
아내와 둘이서 뽀작뽀작

호빵은 하나만 사고
어묵도 조금만 먹고
알뜰살뜰 시장만 보고
오자는 종알종알 아내

무거운 짐 들고 낑낑 낑
아내 뒤만 몇 시간 졸졸
짐꾼으로 따라가는 장날

닷새마다 찾아가는 왁자지껄 오일장
뻥튀기 할아버지, 어묵집 아주머니
늘 먼저 열리는 내 주머니 속 용돈
먹기 싫다는 뽀로통 아내 더 맛있게

볼거리 먹을거리 이야깃거리
한 줌 덤으로 행복 챙겨주는
사람과 사람들이 어우러져
따뜻한 향기 물씬 풍기는 삶터

장바구니 가득 담아오는 아내 마음
아내와 함께라서 손가락 꼽는
더 기다려지는 오일장날

출근길

사랑합니다 축복합니다
눈뜨면 살포시 안아주며
아내와 인사로 시작되는
행복 가득한 37년 출근길

이 옷 어때 저 옷 입을까
날씨는 더울까 추울까
아침부터 시작되는 패션쇼
파란색 옷 입고 연지곤지
톡톡톡 예쁘게 화장한 아내

엘리베이터 안에서 바라보며
하루 일 지치지 말고 힘내라는
말 없는 뜨거운 손짓 눈짓

아내 차 앞에 세우고
졸랑졸랑 뒤따라가다
부론으로 학곡으로

나를 잠시 접어 버려두고
자아를 깨워야 하는 출근길

오늘 하루도
작은 즐거움 소소한 기쁨이

아내와 함께 시작하는 사랑의 출근길

치악산을 오르며

초록빛 풀 옷 갈아입은 치악산
꽃불 내리는 운곡로 꽃밭머리길

살아가면서 나이 들어가면서
마음 기대고 서로의 길이 되는
반쪽 아내와 같이 등산 갑니다

작은 도시락 오이 물 한 병
아내의 정성을 어깨에 메고
쫄래쫄래 나란히 나란히
마주하는 아내와의 속삭임

가파르지도 험하지도 않은
솔향 가득한 소나무 숲길
세상 걱정 근심 내려놓고
봄 산자락을 오릅니다

달리던 바람 응원하려 멈추어 서서
한 자락 시원한 휴식으로 다가와
송골송골 이마의 땀 식혀줍니다

유채꽃 진달래꽃 제비꽃 찾아와서
켜켜이 쌓인 마음밭 꽃다발 안기는
아내가 있어 날아다니는 등산길

인생에서 가장 즐거운 오늘 이 시간

아내와 둘이서

날 새는
이른 아침

아내 마음 톡톡톡
엎드려 두 손 모으니

살포시
아내 맘에 오사
따스한 손길로 품어

이슬 같은 은혜
촉촉이 내리시어

설렘과 떨림으로
하루를 열게 하시니
은혜 위의 은혜로다

여리고 여린 선한 마음
분홍빛으로 물들게 하사

하루를 곱게 그리게 하소서

교육 하나 내려놓고

꽃다운 스물네 살
선생님이 좋아서
선생님이 되었습니다

설렘과 떨림의 첫발령
아이들과 향긋한 첫눈맞춤
서투른 첫사랑 가슴속 아련히 머뭅니다

가르치랴 일하랴 배우랴
아이들 키우랴 남편 뒷바라지
이리 바삐 저리 바쁘게 살아온
속절없이 흘러간 빛 같은 사십 년

걱정 하나 켜고
신경 둘 켜놓고
온몸 녹인 일평생 가르침의 길

한 땀 한 땀 교육으로 헌신했으니
당신은 올곧은 참 교육자여라

가르침의 항해가 항구에 닿아
사뿐사뿐 교육에서 내려올 때까지
교육 하나 내려놓고 행복 둘 가져오게
천년 사랑 아내 안에 봄만 가득하게 하소서

3부_가족

아버지를 위한 시

아픔 없고 고통 없는 그 곳에서
다리 허리 펴고 마음껏 걸으소서
무거운 짐 내려놓고 편히 쉬소서

아버지의 사계四季

썩은 동아줄 붙잡은 호랑이 이야기 들려주시고
비 온 날 징검다리 업어서 건너 주시며
늘 내 등 뒤에 있었던
든든한 버팀목인 아버지의 봄

온몸 부서져라 일하시며
아파도 아프다
울고 싶어도 울지 못하는
내 인생에 내가 없이
내 인생이 아닌 네 인생을 산
속울음 가득한 아버지의 여름

헌시, 감사장, 감사패
일생 담은 동영상
아들 등 업히시어
팔순에 울컥울컥
환하게 웃으시던 아버지의 가을

쪼글쪼글 주름진 얼굴
휘청 굽은 허리
잘 들리지 않은 귀

절룩절룩 저는 다리
흐릿흐릿한 눈
늙고 초라한 아버지의 겨울

아버지에게 처음 편지를 씁니다
가난해서 짧은 배움이었지만
끝없이 노력하고 인내하며 겸손하라는
가르침 주신 큰 스승 최고의 아버지라고

다음 생애에는
아버지의 아버지로 태어나
추워도 마르지 않고
뿌려도 줄지 않는
샘물 같은 그 사랑
넘치게 갚고 싶습니다

어머니의 장날

손톱달 뜬 밤
어두운 신작로 따라
5일 후포장 채소 파시고
기쁨으로 오시는 어머니

무거운 손수레 끌고
땀 뻘뻘 흘리시면서
어둠 속 달토고개 넘어
십 리 길 바삐바삐
걸어오신 어머니

마중 나온 자식들 줄 눈깔사탕
식구 먹일 꽁치 고등어 건네며
허기진 배 허겁지겁 채우시고
평해장 무 배추 오이 다듬으시는

장날과 함께 동고동락
자식 위해 평생을
살아오신 어머니

8월의 땡볕보다 더한
숨 가쁜 어머니 고단한 하루가
장날과 이렇게 저물어가고 있다

아내와 셋이서

천 리 길 가을 따라 설렘 맘 고향 안기니
다리 셋 발 넷으로 아픈 걸음 당신 모습
가슴안 속울음 맺힌 핏빛 마음 울음 운다

초가을 고운 달빛 시리도록 밝은데
고요 속 잠든 세상 고뇌로 잠 못 이룬
마음 속 번뇌의 불꽃 오는 새벽 붙든다

어머니 마음잡고 내 아내 두 손 잡고
가을빛 하늘 아래 셋이서 오손도손
내 생애 이런 명화를 언제 또 그릴거나

할머니 생각

진달래 만발하게 흐드러진 산자락
소나무 병풍처럼 둘러싸인 꼭대기 집

고운 선 무명 치마 흰 저고리
은비녀 꽂은 쪽 찐 머리
코고무신 신은 작디작은 발
마을 요리사 주름진 새색시

딸 여덟 아들 하나
한평생 고생 낙으로 살아오신

무릎 내어 부채질해 주시고
화롯가 고구마 구워주시던
눈시울 뜨겁게 하는 손자사랑

달빛도 꽁꽁 얼어붙은 하얀 겨울
대학 합격한 손자 밥걱정 빨래걱정
그 마음 놓지 못하고 하늘나라로

마음드리 그리움 꽃망울 터뜨리듯
아름드리 붉게 피어나는 할머니 생각

소풍 가는 날

푸르고 푸르른 5월
철부지 초등학교 3학년
손꼽아 기다리던 소풍 가는 날

아버지 주신 용돈 100원
1학년 어린 동생과 함께
도시락 하나씩 달랑 들고

마음은 어느 사이에
저만치 소풍 길을 가고
좋아라 뜀박질하며 학교로

보물찾기 상 받은 공책 잃어버리고
김치만 싸 온 도시락 감추어 먹고
사이다 먹고 싶다고 입 다시던 동생
울음보 터트리게 한 가슴 시린 소풍

세월이 흘러도 지워지지 않는
애절한 아픔은 물감 되어 번진다

지금도 마음 한편에 우두커니
아픈 그리움으로 남아있는
먼 옛날 어린 시절 소풍 가는 날

여름 원두막에서

"아버지, 동생이 큰 수박 깨었어요"
장에 팔려고 골라놓은 싱싱한 큰 수박
조그마한 수박만 먹으라고 주시던 아버지
수레로 옮기면서 동생을 꾀어 넘어져 깬 큰 수박
둘이서 눈 껌벅껌벅 낄낄 웃으며 맛있게 얌냠
알면서도 모르는 척 허허 웃으시는 아버지

아버지 졸라서 셋이서 원두막에서 하룻밤
볏짚 원두막 지붕 사이로 반짝이는 별
밤하늘 별꽃 작은 등 반딧불이
앵앵거리며 달려드는 모기
이름 모를 풀벌레 노랫소리
잠들 듯 잠들지 못하는 여름밤은 깊어가고
먹은 큰 수박 오줌도 한강물로 콸콸
쪽잠 자는 아버지 깨워서 밤새도록 오르락내리락

수박이 익어가고
참외가 익어가고
아버지의 사랑이 익어가는
이따금 기억을 건드리면
한없이 그립고 아롱져오는
웅석 부리던 아버지의 그늘

그 시절 그때로 돌아가고 싶다

소가 된 울 아버지

큰 눈망울 곱게 뻗은 뿔 누렁소
아직도 귀가에 어렴풋이 들려오는
구슬픈 음매 음매 울음소리

밭 갈고 논 갈며 새끼 낳고
등 시퍼렇게 뼈 휘어지도록
일만 하다 늙어 팔려 간 누렁소

등에 진 무거운 짐
가족 향한 꺾이지 않는 마음
고통의 멍에 홀로 짊어진
소가 된 아버지

자기 일에 즐거워하는 것보다
더 나은 것이 없다는
소처럼 쉼 없이 일만 하다가
죽어서 가죽이라도 남겨주고픈

평생 소로 살아온 아버지

부모라는 이름으로

어둠이 새벽 깨우는 이른 아침
통증 안고서 아픈 몸 일어나
선잠 주무신 어머니 잠 깨워
새벽기도 하는 아버지 어머니

하루하루 달라져 가는 몸과 마음
흐릿흐릿한 기억 어두워진 두 눈
다리 끌고 기어다니시는 아버지
무릎 꿇을 힘조차도 없는 어머니

또렷한 기억 오직 자식들 향한 생각뿐
비 오면 비 맞으랴 눈 오면 미끄러지랴
명절이면 차 밀릴라 생신이면 오지마라
늙으신 부모님이 젊은 자식들 보살피는

아프게 핀 아침 떨리는 손 부여잡고
자식 향한 사랑 몸 아픔 잠시 잊은
늙지도 아프지도 마음대로 못 하는
구곡간장 녹이는 애끓는 기도 소리

오늘도 아버지 어머니 하루 첫 시간은
오직 한마음 자식 기도로 시작됩니다

어찌할 수 없는 아픔으로

아프다는 소식에
가슴 덜컥 마음 둘 데 없어

행여나 통증 가라앉을까
발 동동 가슴 쿵쾅
마음 갈 곳 모르고

하루 온종일
갈팡질팡하노라

물으면 괜찮다고 하시나
허리 끊어지는 듯한 괴로움
말할 수 없는 고통 더해지니

어찌할 수 없는
애타는 마음으로
먼 고향 하늘만 바라보고

나를 묻으며
하염없이 속울음 우노라

멈추지 않는 사랑

– 병원에 입원하여 어머니를 그리워하는
아버지의 마음으로 쓴 시

스물여덟 연지곤지 찍고 족두리 쓴
곱디고운 새색시 오직 내 사랑
구십 평생 멈추지 않는 아내 사랑

병간호 밥 빨래 요리 살림하는 남자
끌고 밀며 넘나들며 자식 키운 장날
하루 멀다 약 챙기고 돌봐 온 주치의

아옹다옹 살아온 빛 같은 세월
아내 사랑 붓으로 그린 인생 수채화
처음 그 느낌처럼 변하지 않은 사랑
뼛속까지 색칠하여 붉게 물들었는데

몸 아파 병 속으로 던져진 사랑
한 걸음조차도 걷기 힘드니
가고 싶어 보고파 애간장 녹아

오늘 오려나 내일 가려나 서로 애끓는
내 반드시 나아서 그대 곁으로 가리다
멈춰진 아내 사랑 애달파 가슴 아리는

그저 바라보는 것만으로 심장 멎을 듯

당신을 보낸 후에

시월의 차가운 달빛
텅 빈 가슴 저미우고

울어대는 구슬픈 새벽바람
넋 나간 영혼 에이는데

다시 오지 못할 길 간 당신
어둠 속 어슴푸레 보이는
환한 그대 잔상 붙잡아
만져보고 애달프게 불러보고

울다 또 울다 지쳐
눈물 메마른 앙상한 가슴
이젠 꿈속에서나 만나려나

나보다 더 날 사랑한 당신
향긋한 바람으로 오소서
푸른 달빛으로 오소서

함께한 60년 꿈같은 세월
떠오르고 지워지고 목메어
단장斷腸의 아픔으로 몸부림치다
가슴속 붉게 타오르는데

아버지를 위한 시

– 아버지를 떠나보낸 후에(2023. 10. 02)

구십 한평생
뼈 으스러지게
힘든 일만 하다

아파도 아프다
울고 싶어도 울지 못하고
소처럼 살다 가신 울 아버지

떨어지지 않는 먼 발길
세상 마지막 하루에도
가족의 눈물 닦아주신

애지중지 업고 달래며
허리 휘도록 농사지어
오직 자식만 위하시던

발걸음 닿는 곳마다 당신 모습
아련히 불러보아도 대답 없는
꿈꾸듯 죽음 베고 누우신 아버지여

아픔 없고 고통 없는 그곳에서
다리 허리 펴고 마음껏 걸으소서
무거운 짐 내려놓고 편히 쉬소서

아버지의 아들이어서 행복하였습니다

그대 어이 보내리

갑작스런
황망한 이별로
마음이 붉게 물들었습니다

핏빛 울음으로
하얀 눈물만 남았습니다

살면서
마음 닿는 말 한마디
가슴으로 표현할 뿐
아끼고 아끼다가

바람같이 불같이
그대 떠나보내고
통곡으로 배웅합니다

아직도 아련한
따스한 날의 추억
밤하늘에 걸어두고

10월, 당신을 보내며
훨훨 나를 내려놓습니다

슬픔을 나누어진 사람아

– 아버지 문상 오신 분들께

천리만리 한 걸음
먼 길가는 울 아버지
배웅나온 님이시여

세상 궂은일만 하다
소처럼 살다 가신 아버지

뼈마디 녹는 슬픔과 괴로움
울부짖는 얼어붙은 영혼
평온도 쉴 틈도 없이
아픔만 장맛비로 쏟아지는데

애절한 눈빛으로
말 없는 흐느낌으로
두 손 꼭 잡은 온기로

내 안에 애처로이 매달린
붉은 눈물 닦아준
슬픔을 나누어진 사람아

발그레해진 영혼 보듬안은
그대의 따뜻한 마음 담아
평생을 가슴에 묻습니다

울 아부지

촉촉이 젖어 울음보 터질 듯한
톡톡톡 아홉 살 소녀의 눈망울
바들바들 터트린 애절한 꽃노래

가슴속 살아있는
아버지께 들려드린
아리도록 시린 울 아부지

그 노래 내 안에 닿아
가슴 한편이 사르르
나도 모를 눈물이 흐릅니다

울 아부지
헌 옷 구멍 난 양말
한평생 힘든 농사일
가난하고 고달픈 세월에도
못 배운 한 자식 교육으로
인생을 덧칠하며 벌겋게 살아온

낡은 성경책 빛바랜 가족사진
아침저녁 끊이지 않는 기도로
자신은 비우고 자식은 채우시던
지금은 어디에서도 볼 수 없는

한없이 그리운 울 아부지, 노래로 불러봅니다

4부_인생

고운인연

삶의 뜨락
소롯이 다가와
채워주고 어우러지는
함께 써가는 인생

산

산기슭 골골마다
나풀나풀 오는 봄

어젯밤 내린 눈과
멀뚱멀뚱 어색한 만남

엘레지꽃 복수초 진달래꽃
가녀린 몸매 바들바들 떨게 하는
얄미운 겨울의 시샘

밤새 내지른 꽃들의 비명이
콩닥콩닥 산을 깨우고
살짝 다시 찾아온 겨울은
산의 타이름으로
봄과 힘겨운 이별을 한다

산이 아름다운 것은
근심하는 것 같으나 기쁨을 주고
가난한 것 같으나 부요하게 하고
아무것도 없는 것 같으나 많은 것을
가지고 있기 때문이다

그런 산으로 살고 싶다

벽

내가 벽이다
네가 벽이다
모두 벽이다
오만과 편견으로 만든 벽

나만 옳으냐
너만 옳으냐
모두 옳으냐
힐난과 비난으로 만든 벽

삐뚤어진 사상 곪아 터진 마음
독선과 아집 독살스러운 말
차가운 시선 냉대와 무시 조롱

내가 만드는 벽
네가 만드는 벽
끼리 만드는 벽

벽 안에 또 벽 그 안에 벽
나만 최고고 잘나니
끼리 잘나고 최고니
뭉개고 뭉개고 뭉개고

벽보기 부끄러운 인간 벽

가을 치악산

시린 밝은 달
붉게 잠든 단풍
어둠 내린 치악산
가을향기 토해낸다

치악산 붉은 입술
타오른 열정
잠 못 이룬 밤

덜 깬 잠 떨군
새벽 치악산
안갯속 여명 기지개 켜고
부끄러운 듯 깨어난다

싱그러운 산들바람
빛처럼 쏟아지는 세렴폭포
아스라한 산그리메
가을 속으로

가을 젖은 치악산 시를 그린다

그림자

여기에 가도 졸졸졸
저기에 가도 총총총
떨어지지 않으려는

언제나 내 곁에 있지만
나의 모습에 가려져
타인의 눈에 띄지 않아도
묵묵히 따라다니는
변함없는 동반자

햇빛 달빛에 웃고 별빛에 울고
어두움과 숨바꼭질하며

해 아래서 하는 선한 일은
응원하여 같이 하지만
어둠 아래서 하는 악한 일은
외면하여 홀로 말리는
한평생 의지 내 동무

등 허리 점점 굽어져
땅 바라보는 시간 잦아
더 자주 만나게 되는

같은 모습의 다른 나
나의 거울 그림자

눈이 내리는 날에

함박눈 펑펑 쏟아지는 날
아련하게 찾아온 추억들이
어린 시절 눈 속 뒹굴며 놀던
개구쟁이 친구들을 불러내고

첫눈 수줍게 내리는 날
부끄러워 살포시 다가오는
고운 향기 머금은 그대에게
온 세상 하얗게 핀 백장미
꽃사랑 한 다발 품에 안기고

가루눈 헉헉거리며 흩날리는 날
터벅터벅 올라간 치악산
아직도 숨 가쁘게 내리는 눈
바위에 축 처지고 앉아
땀 흘리며 함께 쉬었네

눈도 나도 나이 들어가는가

고운 인연

너와 나 바램이
빛 고운 인연으로

손짓 하나 눈짓 하나
아끼고 보듬어주는
봄볕의 만남으로

긴 세월 꺼지지 않고
화롯불처럼 은은하게
가슴 지펴 적셔온 인연

헛되고 헛되며 그림자 같은
한 뼘 길이만 한 인생

오르막길 밀어주고
내리막길 잡아주며
비바람 앞길 막아도

삶의 뜨락 소롯이 다가와
채워주고 어우러지는
함께 써가는 인생

아카시아꽃

진초록 봄빛
5월 산과 들
하얀 설렘 수놓는 아카시아꽃

산들바람 타고 솔솔
풍겨오는 향긋한 꽃향기
아카시아꽃 입에 물고 놀던
어린 시절 추억 속으로

뽀얀 꽃 물보라
가슴에 살포시 뿌려져
그리움 하얗게 물들이누나

햇살에 물결치는
하아얀 꽃망울
톡톡톡 터트려
눈꽃으로 피어난

5월에 내리는 꽃눈이여

봄비처럼

소록소록
온 산천 적시는 봄비
쏙쏙쏙 고개 드는 수줍은 새싹
포시시 눈뜨는 예쁜 꽃망울

또르륵 똑똑
내 속에 내가 너무 많은
야윈 영혼 깨우는 봄비
갈급한 마음 촉촉
연분홍빛 봄으로 활짝

주르륵주르륵
부딪히고 넘어진 상처
시름 달래주는 단비
세상 살아갈 동안

온전히 베풀고 기쁨 주는 봄비처럼

쉰세 살의 가을운동회

– 초등학교 동창들과 원주에서
추억의 가을운동회 후에(2016.10.22)

배 볼록 나온 신사
머리 하얗게 센 젊은 할아버지
주름살 예쁘게 꽃피는 숙녀 할머니

영차영차 하나 둘, 하나 둘
달려도 앞으로 나아가지 않아
그 옛날 같지 않은 마음만 열세 살

넘어지고 자빠지고 뒹굴고
목이 터져라 이겨라, 져라
숨이 차 올라오고 하늘이 샛노랗다

응답하라 화려한 그 시절이여!
40년만, 초등학생으로 돌아간
쉰세 살 어린이들의 가을운동회

살아온 이야기꽃 피우고
짝꿍 순이도 만나고
인생이 어우러진

배꼽 잡는 추억의 가을운동회

들꽃

인적 드문
고즈넉한 산 비탈길

은은히 나리는
햇살 받으며
나답게 핀 들꽃

알아주지 않아도
찾는 사람 없어도
홀로 피어 예쁘고
같이 피어 아름다운

작고 보잘것없어도
부끄러워하지 않고
있는 듯 없는 듯

나를 낮추어
남을 돋보이는
너라는 꽃

친구야

- 원주에서 고등학교 모임 후에(2023. 12. 10)

봄을 품은 겨울하늘 아래서
친구들과 인생을 걷습니다

푸른 꿈 파닥이던
청춘을 함께 사른 친구들

삶의 지게 지고 60년 세월
파인 주름살 흰 머리카락
시간이 앗아간 애틋한 흔적

하얀빛 머금은 한 폭 수채화
오롯이 너랑 걷고 있는 길
소금산 출렁다리 흔들흔들

살아갈 날 60년 아득해도
베풀고 끌어안고 보듬는
친구 있으니 꿈같을 세월

같이 오를 404m 울렁다리
마음잡고 너랑 걷고 싶은 길
바라만 보아도 오금 후들후들

출렁이고 울렁이는 인생
일렁이는 가슴 한편 기대선
친구야, 너는 내 인생길 징검다리라

첫시가 첫마음 첫호흡

하나님이여!

선한데 지혜롭고

악한데 미련하게 하소서

첫시간 첫마음 첫호흡

하루의 첫시간 첫마음 첫호흡을 주께 드리니
가장 선한 길 좋은 길로 인도하소서
헛된말 거짓말 악한말 하지 않고
선을 행하고 화평을 구하여
기쁜 날 좋은 날 복된 날 되게 하소서

새벽을 깨워서 기도와 찬송과 말씀으로 시작하게 하시니
점심을 향기롭게 하여 이어가게 하시고
저녁을 화평하게 하여 마무리하게 하옵소서

삶의 순간순간이 기쁨이 되게 하소서
그 기쁨이 모이고 모여서
그리스도의 향기가 되게 하소서
삶의 순간순간이 예배가 되게 하소서
몸과 마음과 영혼이 물댄동산 같게 하소서
물이 끊이지 않는 샘 같게 하소서

영적으로 누더기 옷을 입고
살았다 하나 죽은 작은 자가
누군가의 기도로
하나님의 마음과 시선으로

지금까지 왔으니
받은 은혜가 흐르게 하소서

지나온 세월이 엊그제 같은데
내 안에 들어온 가족
곁을 내어준 이들에게
상처 주고 마음 곯게 했으니
나의 십자가 지고 살게 하옵소서

아버지의 그늘 아래서 숨 쉴 때까지
좌로나 우로 치우치지 않고 도전하고 공감하는 삶
마음을 헤아리며 위로와 소망을 주는 삶
믿음으로 항해하는 삶을 갈망합니다

새벽별 주신 날 새는 365일
첫시간 첫마음 첫호흡을 여호와께 드리고
첫사랑 첫설렘 첫열매 아내 위해 간구하며
삶과 영성, 신앙을 새롭게 세워
평생을 기도로 종노릇하게 하소서

그런 사람이고

눈 뜨자 감격하고
소소한 일 감동하고
범사에 감사하며

좋은 생각
아름다운 말
향기 나는 행동으로

공의롭고 정직하게 행하며
듣기는 속히 하고
말하기 성내기는 더디 하고

한 발 뒤늦게 쫓아온
수줍은 마음으로
모든 사람에게 오래 참고
항상 선을 따라

마음 약한 사람 격려하고
힘없는 사람 붙들어주며
누군가 기댈 수 있는
지극히 작은 자

그런 사람이고 싶습니다

나는 곤고한 사람입니다

가을이 나에게

눈부신 가을이 오면
가을이 나에게 신앙을 이야기합니다
옛사람을 벗어 버리고 새사람을 입어라
거짓을 버리고 참된 것을 말하며
그 무엇도 바라지 않고
가난하고 힘든 자를 찾아 선을 행하는
빛의 자녀가 되라고

햇살 좋은 가을이 오면
가을이 나에게 가족을 이야기합니다
가족이라는 지게를 진 아버지 공경하고
자식 위해 눈물 흘린 어머니 중히 여기며
아내를 내 몸같이 사랑하고
자녀에게 마땅히 행할 것을 가르치며
어떠한 상황에서도 보듬고 버팀목 되는
가족이 되라고

몽글몽글한 가을이 오면
가을이 나에게 교육을 이야기합니다
새로운 것을 알아가는 방법을 가르치고
아이 안에 움튼 연둣빛 꿈 꺼내어
무엇보다 해를 가하지 않고

서로 소통하며 함께 성장하여
나눔과 희망, 꿈이 영글어가는
교육을 하라고

쪽빛 가득한 가을이 오면
가을이 나에게 인생을 이야기합니다
수고와 슬픔뿐인 인생
겸손과 봉사 배려는 더하고
욕심과 교만 분노는 빼어
온전히 내려놓고 벗어버리고 비워서
거울을 보듯 부끄러움 없는
인생을 살라고

꽃향기 가득한 가을이 오면
가을이 나에게 사랑을 이야기합니다
눈빛만 보아도 마음 알 수 있는 아내와
시 쓰고 그림 그리며 함께하여
사람들에게 희망과 위안 주고
고난과 고통에도 다독이고 감싸서
삶으로 보여주는 알콩달콩
사랑을 하라고

더 낮아져서 스스로 다스리고 가꾸어
기대감 주도록 고개 숙여 익어가겠습니다

새 사람을 입어

가슴으로 여미고 헤아리는 것이
귀와 눈으로 보는 것보다 나으니
나를 위한 시간 생각을 덜어내어
거룩한 소망 섬김으로
옛사람 벗어버리고 새사람을 입어
파도치며 또 쳐 밀려오고 밀려오는
주사랑 누리게 하소서

모든 순간 모든 자리
당연한 것 없으니
내 생각 의지 사로잡혀
주님 잃지 않게 하시어
주 마음 졸졸 따라다니며
차려준 은혜의 밥상을 먹고
허기진 삶 목마르지 않은 삶
남은 자로 살게 하소서

쉬지 않는 죄
죄 늪 허우적거리는 인생
주 의지, 첫사랑 돌아가는
내 인생의 3일을 주셨으니

주 은혜 헛되이 받지 말고
주 따라가는 인생 되게 하소서

주께 묶여 베푸는 인생을 새롭게 쓰겠습니다

내게 보내는 편지

보이는 것만 보이는 것인 줄 아느냐
흐르는 눈물만 눈물인 줄 아느냐
웃고 있어도 웃는 것인 줄만 아느냐

마음에 따뜻한 눈물과
아름다운 꽃을 품고
향기 나는 미소로
세상의 모든 비탈을 넘고

인생이 벼랑 끝에 내몰리거든
대롱대롱 매달리거든
붙들고 있는 세상 것을 내려놓고
다급할수록 주변을 돌아보며

작은 자의 조그마한 손길로
누군가의 흐르는 눈물을 닦아주는
받는 것보다 베푸는

지극히 큰 분 보시기에
부끄럽지 않은 가슴 뛰는 인생 되게

모퉁잇돌

연결돌
희생돌
모퉁잇돌

세상에 버려지고
아무도 눈길 주지 않아
이리저리 차이지만

작은 풀꽃 옆에서 비같이 맞아주고
온몸으로 거센 바람 막아주며
모퉁이의 머릿돌이 되어

버려진 제 모습보다
보이는 모습보다
더 빛을 발하는 쓰임

둥글둥글 묵묵히 제자리 지키며
남을 살려 나도 잘되고
누군가와 같이 일어나고 회복하는

나는 세상에 버려진

마음속에 쌓인 먼지

살아온 지 60년

여기저기 쌓이고 쌓인 먼지
쓸고 닦은 헤아릴 수 없는 먼지들

살아온 만큼이나
보이게 보이지 않게
저지른 잘못들이 가슴 한편에
먼지처럼 수북이 쌓여있다

시시때때로 털어내지 못한
죄들은 60년 동안 내 몸에 붙어서
악어와 악어새처럼 살고 있다

먼지야 털어내고 닦아도
가슴속에 수북이 쌓인 먼지는
어떻게 하여야 할까?

저울에 매일매일 인생을 달아보고
살피고 살펴 죄짓지 않게 하소서

죄 많은 인생을 먼지 더미에서
일으켜 세워주소서

새해 첫날 새벽에

날 새는 365일 새해 첫날 새벽에
설레는 가슴 안고 첫마음 드리니
하루하루 새록새록 하게 하소서

이슬 같은 은혜, 은혜 위의 은혜
값없이 받은 선물, 선한 믿음으로
섬김과 나눔 신앙의 길 걷게 하소서

천국 맛보려고 세상으로 보내신 가정
힘들 때 샘솟는 위로 서로 종노릇 하며
사랑과 행복 노래하는 가족 되게 하소서

생각만 해도 따스함 주는 선물 같은 사람들
가슴과 가슴으로 기대고 서로 부대끼며
함께 수고하여 늘 푸른 인생 살게 하소서

나만의 색깔을 입혀가는 교육
고운 심성 싹트는 가르침으로
희망 주고 꿈 심는 교육자 되게 하소서

내 안에 들어온 선하고 맑은 아내
잔잔한 미소 별빛 같은 눈빛이 시
첫만남 설렘으로 사랑을 더 하게 하소서

365일, 신앙 가족 인생 교육 사랑
늘 첫날처럼 감동을 넘은 헌신으로
시 시조 수필로 곱게 색칠하게 하소서

나를 위한 기도

마음 밭 깬 이른 새벽 살포시 두 손 모으니
머리로 생각하고 마음을 향기 나게 눌러서
눈귀입코로 되새겨 손발그레 행하게 하소서

햇살 머금은 눈으로 온 세상 바라보며
눈 마주치는 사람들 순수한 꿈꾸고
허물 찾는 눈 미운 눈 되지 않게 하소서

귀로 달콤하고 상콤한 말만 듣지 않고
사람의 존재가 변화하는 말 알아들으며
귀로 듣는 마음의 소리 나는 시 쓰게 하소서

코로 숨 마실 때 생기가 내 속 채워지며
숨 내쉴 때 내 안 부정적 감정 사라지고
오만하고 콧대 높은 사람 되지 않게 하소서

입으로 먹는 양식 몸과 영을 살찌우고
욕심과 욕망을 내려놓고 원을 세우며
일으켜 세우는 말 살리는 말하게 하소서

가슴으로 뒤에 한 일 잊고 앞에 할 일 향하며
온기 품은 손으로 내밀어 잡은 손 잡아주시고
발로 가는 곳마다 화평이 가득하게 하소서

나를 고삐 매어 경작하여 버리고 바꾸어
당신 보시기에 온전한 사람 되게 하소서

신발을 부여잡고

문 앞에
가지런히 놓여있는
정겨운 신발 세 켤레

오늘 하루도
아내 아이들과 같이할

하이힐 운동화 믿음직 아내 신발
닳아빠진 듬직 아들 신발
말없이 놓여있는 깜찍 딸 신발
가슴으로 저미고 품어

이른 새벽 늦은 저녁
신발을 부여잡고
엎드려 평생 기도합니다

주의 손을 잡고
가는 발길 한 걸음 한 걸음
이끄심 따라 가게 하소서

세 켤레의 신발이
웃으며 가슴속으로 들어옵니다

White Christmas Cantata

간밤에 내린 눈에 온 세상이 새하얗다
구세주 오신 날에 꼬까옷 차려입고
눈 내리는 학곡교회서 드리는 성탄 칸타타

고요한 밤 거룩한 밤 귀중한 보배함
거룩한 밤 별빛을 한 맘으로 찬송하니
아기예수 앵콜하심을 눈으로 뿌리시네

늘 푸른 권사님들 만년소년 장로님들
모두 함께 크리스마스 칸타타 무한 감동
기쁨의 축제로구나 축복의 예배여라

해설

삶의 정상에서 지평의 나를 내려다보며

김부희(시인 · 문학평론가)

삶의 정상에서 지평의 나를 내려다보며

김부회(시인 · 문학평론가)

1. 들어가며

'첫'이라는 말은 대단히 설레는 말이기도 하며 동시에 팽팽한 긴장과 아득한 유년의 어떤 지점을 생각할 때 그리움이 새록새록 피어나는 말이기도 하다. 흔히 하는 사람의 일 중의 사랑이라는 말 앞에 '첫'을 붙이며 그 사랑은 일상의 사랑보다 한 차원 높은 사랑이 된다. 경건할 수도 있고 겸손해질 수도 있는 양가성을 갖게 된다는 말이다. 사랑은 남녀 간의 사랑도 사랑이겠지만 자기 일이나 사명감 같은 것도 사랑일 수 있을 것이다. 어떤 것이 가장 가치 있는 '첫'에 해당하는지는 각자 판단할 몫이며 각자의 가치관에 따라 다를 것이다. '첫'이라는 단어 앞에서 영롱한 사람의 자취를 떠올리는 사람도 있을 것이며, '첫'이라는 단어 앞에서 아릿한 이별의 상흔을 기억하는 사람도 있을 것이며, 살아온 인생의 어느 순간의 정점 앞에서 뒤안길을 보며 내 삶의 발자취를 생각하며 그날의 마음가짐과 생의 시작에 대하여 매무새 가다듬은 호흡과 함께했던 날의 내 안의 나를 기억하게 될 것이다.

무엇을 하던 출발선에 새겨진 것은 '첫'이라는 단어다. 하지만 살다 보면 어느 순간 '첫'이라는 단어는 내게서 실종되고 생경한 단어가 되고, 단어가 가진 순수함과 착실한 질감의 감각적인 면을 잃어버리고 나의 본질을 망각하게 되기도 한다. 초심初心을 잃지 말자는 말들을 많이 한다. 하지만 정작 초심의 본질이 가진 말의 무게에 초점을 두는 사람은 많지 않다. 이미 삶의 많은 무게중심이 '나'라는 본질에서 벗어나 관계라는 속성에 깊이 스며들기 때문이다. 관계와 관계 속에서 내가 나의 '첫'을 다만, 그리워하는 단계에 이르렀을 때, 그때가 돼서야 '초심을 잃지 말자'는 말을 하게 마련인 것이 사람의 속성이기에 그렇다. 사람은 변화에 민감하고 주변의 시선과 성취감, 목표에 대한 완성형 독선에 가까워지려고 하는 속성이 있다. 다시 말하면 뭔가를 꾸준하게 이뤄내는 사람은 드물다는 말이다. 끊임없이 변화하면서 그 변화를 스스로 합리화하며 변화의 중심에 있는 나를 변명하기 급급하다는 말이다. 그런데도 불구하고 자신의 '첫'을 간직하고 사는 사람은 귀감龜鑑의 대상이다. '첫'이라는 말의 무게를 고스란히 등에 지고 천천히, 하지만 꾸준하게 '첫'의 질감을 실천하고 살아온 사람이기에 그 순수의 시대에 감히 박수를 보내고 싶은 것이다.

이종명 시인의 '서평'을 의뢰받으며 시인의 삶이 그대로 투영된 작품 77편을 읽었다. 시조 3편, 동시를 포함한 시 74편의 작품 모두가 작품의 기반이 되는 시의 포착점을 찾아내기가 쉬운 일은 아니었지만 한 번, 두 번, 모두 스무 번을 정독하다 보니 시인 삶의 방향성이 가을날의 구름처럼 내게 채록되었다. 이종명 시인은 구름을 해석하고 있었다. 바람의 방향에 따라 그 모양과 꾸밈이 수시로 바뀌는 구름을 자기만의 방식으로 해석하고 시인만의 눈으로 관찰하여 삶의 지평을 관조하는 듯한 관점에서 생의 어느 지점에 대입하여 '첫'의 질감을 글에 충분하게 녹여냈다는 느낌이 강하게 들었다. 시인의 살아온 삶이 어떠한지, 시인이 무엇을 느끼며 무엇을 성찰하며 무엇에 대하여 경건하고 겸손한 자신을 가꾸며 살아온 것인지에 대한 투명 거울을 보는 것 같은 착시를 갖게 되었다. 시를 포함한 모든 장르의 글은 저자의 삶이다. 동시에 꾸밈없는 맨몸의 언어라고 생각한다. 맨몸의 언어는 교언영색이 없이 온전하게 솔직해야 한다. 설령 같은 눈높이가 아닌, 다른 높이에서 자칫 실수한 것이 있다 해도 그것조차 고해성사하듯 말할 수 있는 것이 시라는 장르다. 이종명 시인은 38년을 온전히 교육에 헌신한 사람이다. 선생님이 된 이유가 선생님이 좋아서라고 말한다. 다른 여하의 이유가 아닌, 다만 좋아해서라는 말속에 순수와 진리가 숨어 있다. 좋아서 하는 일은 피곤하지 않다. 좋아서 하는 일은 자기기만이나 포장이 없다. 좋아서 하는 일은 좋을 뿐이다. 이종명 시인의 세계관은 시인의 말에 잘 나오듯 교육과 사랑, 가족과 인생, 그리고 신앙이라는 다섯 가지 주제로 엮을 수 있다. 시인의 말과 삶의 다섯 주제를 들으며 문득 안온이라는 단어가 생각났다. 안온安穩, 조용하고 편안하다는 말이다. 바람이 없고 따듯하다는 말이다. 다섯 주제를 다시 풀어서 이야기하면 섬기고 나누고 베풀고 같이 고민하고 사랑하고 믿음이라는 토대 안에서 자신만의 세계를 온전하게 지키며 살아왔다는 이야기다. 어쩌면 '첫'의 의미에, 질감에, 무게에 가장 맞는 말이라는 생각이 든다. 긴 시간 살아오면서 할 수 있는 것에 최선을 다하고, 해야 할 것에 아낌없이 나를 바치고, 주변과 가족의 일을 타인처럼 대하지 않고 나의 것으로 고민하며 신앙을 지키며 살아온 세월이 이를 방증하는 것이다. 원고를 받으며 시집 제목으로 다소 특이하다고 생각했는데 몇 번의 정독과 시를 내 감정에 이입하면서 이종명 시인의 시집 제목으로 가장 올바른 시집 제목이라는 생각이 든다.

시는 마음을, 심령을, 지친 가슴을, 아픈 감정을 치유하는 가장 큰 촉매제라고 볼 수 있을 것이다. 문장 한 구절, 단어 하나에서 인생의 지침이 될 무엇인가를 깨닫는다면 그것으로 만족할 수 있는 것이 시라는 장르의 매력이다. 시는 많은 것을 요구하지 않는다. 화려한 수사나 언술의 기교적 발전이나 진화 이전에 앞서 가장 중요한 것은 소통과 울림과 성찰이다. 시를 쓴다는 것은 자신의 세계관에 옷을 입히는 일이며 자신이 본 것에 대해, 느낀 것에 대해 반성하고 성찰하는 자기 치유의 과정을 거쳐 그 본질을 타인과 교류하는 것에 그 순기능이 있다고 볼 수 있을 것이다. 서정抒情이라는 단어가 있다. 주로 예술 작품에서, 자기가 느끼거나 겪은 감정이나 정서를 나타내는 말이다. 현대시의 근간은 서정이다. 그 서정의 무게를 성찰을 통해 타인에게 이입하는 과정을 소통이라고 한다. 무엇을 줄 것인가는 시인의 몫이지만 무엇을 받아들일까는 독자의 몫이다. 하지만 저자와 독자의 간격을 메워주는 것이, 그래서 저자와 독자가 같이 공감하는 것이 시의 표현력이며 그 표현력의 중심에 '진솔'이라는 것이 주재료로 들어갈 때 한 편의 좋은 작품이 탄생하는 것이다. 진솔, 진실하고 솔직하다는 말이다. 화려한 물감으로 채색한 그림이 아닌, 소수의 몇만 이해하는 추상이 아닌, 읽는 모두가 공감하는 글은 진솔한 마음이 담겨 있기에 그 울림의 깊이가 무한하다. 그것은 지치고 고단한 삶을 위로하고 위무하고 보듬기 때문에 치료가 되는 것이다. 시를 쓰면서 시인 자신이 자신을 치료하고 그 치료제가 독자들의 마음을 치료하기 때문에 시의 질료는 진솔에 바탕을 두어야 한다는 말이다.

이종명 시인의 시집 『첫시간 첫마음 첫호흡』이 그런 시집이라는 말을 하고 싶다. 시인의 시를 읽다 보면 마음이 정화되는 것을 알게 된다. 아련한 어떤 날의 기억이 내게도, 내 호주머니 어디 깊은 곳에 숨 쉬며 살아있다는 것을 알게 된다. 다난한 세상사에서 나를 반추해 볼 기회를 얻기 쉽지 않다. 무의미를 유의미로 기억하게 된다는 것은 매우 중요한 일이다. 주변의 모든 것을 유의미로 만들어주는 시집이 이종명 시인의 『첫시간 첫마음 첫호흡』이다. 마치 순백의 종이 위에 하나의 구름을 여러 개 겹쳐 그리듯 표가 나는 듯, 나지 않는 듯 담담하게 자신을 그려내고 타인을 그려내고, 시인이 행한 38년간의 교육자 생활을 그려내고, 사랑과 가족과 인생과 신앙까지 진솔하게 고백하는 작품에서 필자는 시의 기술적인 면을 강

조하는 어리석음을 범하고 싶지 않다. 시인이며 평론가인 허쉬필드는 이렇게 말했다. "시는 쓸모없는 것들의 쓸모를 되새기게 한다."

세상의 눈으로 보면 쓸모없는 것일지 몰라도 좀 더 다른 각도에서 보면 가장 낮은 곳에서 쓸모없다고 여겨지는 것들을 꺼내 쓸모 있게 만드는 것이라는 생각이 든다. 과연 쓸모 있고 없고의 판단은 누가 하는 것일까? 우리의 몫이다. 또한 시인의 몫이다. 어쩌면 플라시보(placebo)효과가 될 수도 있다. 이른바 위약僞藥이라 해도 치료가 된다면 얼마든지 시를 쓰고 싶다. 이종명 시인의 시집을 읽으며 가장 큰 울림이 드는 것은 세상의 다양한 곳에서 발견한 '쓸모'를 배운다는 것이다. 시인이 말하고 싶은 말들을 이제부터 경청해보자. 나를 나답게 만드는 첫 시간이다.

2. 들여다보기

고운 꿈 가슴에 여며
꿈길 따라 사뿐사뿐
한 송이 꿈꽃으로
한 줄기 꿈빛으로
꿈 향해 한 걸음 한 걸음

때론 넘어지고 좌절하지만
다시 일어나 힘차게 앞으로
때론 슬프고 아파하지만
나를 달래어 밝은 발걸음으로

위대한 도전, 선행과 나눔으로
멈추지 않는 열정으로 꿈 키워

천 일의 간절한 마음 담아 비오니
그 바람의 향기 하늘에 닿아서
꿈 피워 세상을 빛나게 하소서

아름다운 눈물과 꽃을 품고
지극히 작은 자를 위하여 헌신하는
받는 것보다 주는, 가슴 뛰는

온 세상을 품어
따뜻하게 수놓아 나갈
네가 나의 꿈이야

-「네가 나의 꿈이야」 전문

제1부 교육에 나오는 시 한 편을 소개한다. 동시는 아이들의 눈높이에서 어른들이 읽어야 한다는 말을 자주 한다. 하지만 눈높이를 맞추는 것이 쉽지 않다. 특히 동

시를 쓴다는 것은 아이들을 알아야 하며 같이 호흡하며 생활하고 시간을 보내야 하므로 먼저 아이를 아는 것이 중요하다. 이종명 시인의 동시가 아름다운 것은 글자 하나, 단어 하나에도 사랑이 묻어나기 때문이다. 그 눈높이 맞춘 사랑의 실루엣이 작품마다 지천이라 읽다 보면 어느새 내가 아이가 되어있고 아이는 어른이 되어있다. 한 송이 꿈꽃이 꿈빛으로, 때론 넘어지기도 하지만 내가 나를 달래며 다시 밝은 발걸음으로 미래를 향해 한 발, 두 발, 그렇게 가다 지극히 작은 자를 위하여 헌신하는, 받는 것보다 주는, 그런 사람이 되길 바라는 이종명 시인의 눈이 초롱초롱 빛나는 것을 알 수 있다.

아이들에게 네가 나의 꿈이야 하고 말할 수 있다면, 가르치는 아이들에게 그런 기대를 할 수 있다면 가장 좋은 교육자의 상일 것이다. 우리 유년과 교육환경이 많이 달라진 요즘. 빈번하게 나오는 교육 현장의 기사들을 보면 마음이 아픈 것도 사실이다. 하지만 세태에만 책임을 물을 수는 없다. 선생님과 아이들 학부모 모두에게 공통의 잘못이 있을 것이다. 우선 교육자의 입장에서 시선을 정확하게 고정하게 네가 나의 꿈이라는 시선으로 학생을 바라보면 그 진심이 통할 것 같다. 아무리 시간이 오래가도 결국 진실은 밝혀지는 것이며 진심은 서로 소통하게 만드는 가장 큰 동기부여가 된다는 것이 정설일 것이다. 그런 시인의 메시지가 느껴지는 아름다운 동시 한 편이다.

쏘옥쏘옥 손 내미는 새싹
얼굴 붉힌 연분홍 진달래
노란 꽃잎 조롱조롱 개나리

풀빛 내음 가득한
꽃빛 봄하늘 아래서

수줍음 많은 1학년 지아
말없이 묵묵한 2학년 윤재
애교 많은 3학년 시현

꿈꽃을 피워서
꿈빛을 비추어
꿈별로 빛날
시 쓰는 아이들

꿈을 노래하고
마음을 노래하며
어린 인생 읊조려

몽글몽글한
여린 마음길 담은
나만의 색깔을 찾아가는

시 쓰는 치악산 시인들

-「시 쓰는 아이들」 전문

가장 먼저 눈에 들어오는 문장은 '시 쓰는 치악산 아이들'이다. 지아와 윤재와 시헌이가 치악산의 봄을 바라보며 그 앙증맞은 손으로, 생각으로, 마음으로 시를 쓴다는 상상을 해 본다. 시를 쓰면서 얼마나 세상을 아름다운 눈으로 볼 것인가. 얼마나 초롱한 눈으로 세상을 더불어 사는 가치를 느낄 것인가 하는 즐거운 상상을 하니, 스스로 즐거워진다. 시인의 말처럼 시를 쓴다는 것은 꿈꽃을 피우는 일이며 꿈빛으로 꿈별로 성장하여 나만의 색깔을 찾아가는 이 사회의 건강한 구성원으로 자랄 것이다. 단순히 보여주는 것이 아닌, 시를 쓰게 함으로써 좀 더 사물을 구체화하고 풍경을 마음속에 자라게 만들어 주는 것, 그것이 참된 교육자 정신이며 참된 교육이라는 생각이 든다. 치악산 어딘가에서 깊은 가을의, 봄의, 여름의, 겨울의 풍경을 보며 싱싱하게 커나갈 우리 아이들만 있다면 미래는 자연스럽게 순환의 과정을 거칠 것이다. 선순환을 향한 교육의 방법은 어렵지 않다. 꿈을 심어주는 것이다. 막연한 꿈이 아닌, 꿀 수 있는 꿈을 심어주는 것이다. 시의 창작법은 어렵지 않다. 꿈을 심어주는 것이다. 꿀 수 있는 꿈을 심어주는 것이다. 내게, 그리고 네게. 이종명 시인의 시가 그렇다. 씨앗을 뿌리고 발화를 기다리고 활짝 핀 꽃을 바로 보는 것이다. 지긋하게.

홍조 띤 빠알간 볼
고사리 같은 작디작은 손
초롱초롱한 눈망울
2학년 세은이
부끄러워 살포시 내민 손
시원하라고 만든 부채

삐뚤삐뚤
교장선생님이라고 쓴
비행기 같기도 하고
꽃 같기도 한 색종이 부채

그 마음이 예쁘다
세은이가 부채다
여름이 시원하겠다

-「부채」 전문

학생에게서 부채 선물을 받은 교장 선생님의 온화한 미소가 떠올라 나도 몰래 빙그레 웃음이 나온다. 그 장면이 필자를 웃게 한다. 그리고 독자를 웃게 할 것이다. 거창한 명품 선물이 아닌, 예쁜 마음으로 접은—아마도 서툴게 접었을—비행기 같기도 하고, 꽃 같기도 한 색종이 부채 하나에 세상은 온통 화사해진다. 그 예쁜 마음의 눈높이에 맞춘 교장 선생님의 마음이 더 예쁘다. 세은이가 부채라는 말이 더 예쁘다. 여름이 시원하겠다는 말이 더 예쁘다. 아니, 모두 예쁘다. 걸그룹의 춤사위가 아닌, 아이들이 부르는 어색한 트로트가 아닌, 치악산 어딘가 작은 학교에 다니는 세은이가 백배는 더 예쁘고, 시원한 여름을 맞이할 교장 선생님이 예쁘다. 어른의 잣대로 시를 읽으면 안 된다. 어른의 마음과 아이의 마음을 섞어 시를 읽어야 한다. 보이는 대로 보여주는 대로 봐야 하는 것이 풍경이다. 풍경의 배경을 읽으려고 할 때부터 시는 어려운 장르가 된다. 그것은 어른의 영역이다. 동시의 영역은 예뻐야 한다. 예쁘게 읽을 때 예쁜 풍경이 된다. 이종명의 동시를 읽으면 예뻐질 것 같다. 모든 치장을 버린 맨몸의 단어와 어절과 문장이 이토록 예쁘다는 것을 이제 알았다. 아니, 이제 배운다.

이종명 시인의 시집 『첫시간 첫마음 첫호흡』의 2부를 들여다본다. 2부는 사랑이라는 소제목에 부제를 '아내와 둘이서'라는 타이틀을 달았다.

그가 가족과 삶과 아내에 대하여 어떤 생각으로 사는지 설레는 마음으로 슬그머니 시인의 눈시울을 가늠해 본다.

꽃향기 가득한
가을하늘 아래서
나 그대의 진실함을 보았네

부끄러울 때 수줍어할 줄 알고
슬플 땐 흐느낄 줄 아는
내 사랑하는 소녀의 순진한 마음을

속세에 물들지 않고
거짓됨에 때 묻지 않은
한 송이의 국화
그 국화가 그대이길 나는 바라네

주여!
내가 한 송이의 국화를
영원히 사랑하듯이
나 또한 그대의 작은
가슴에 꺼지지 않는
등불이 되게 하소서

-「가을하늘 아래서」 전문

마치 한 편의 동화와 같은, 그러면서도 선명하게 어떤 날이 그려지는 수채화 같은 그런 질감을 가진 작품이다. 가을의 어떤 날, 아내의 진실함을 보았고, 소녀와 같은 순진한 마음을 보았고, 들녘에 핀 국화와 같은 가녀린 흔들림에 감탄한 그 몸짓을 가진 그녀가 한 송이 국화로 보이기까지, 그 사랑의 깊이는 말로 할 수 없을 것이다.

그날의 느낌을 신앙의 절대자에게 고백하며 그녀가 국화를 닮았듯 나도 그녀의 가슴에 꺼지지 않는 등불이 되게 해 달라는 염원의 기도는 순수 이전에 순백이라 말하고 싶다. 현대사회는 계산이 통념화된 사회다. 만남에도 조건이 있고 계산이 있고 셈법이 있다. 같은 부류가 같은 부류와 통행하는 방법이다.

하지만 아무리 현대의 사랑 트렌드가 그렇다 해도 변하지 않는 것은 사랑이다. 고린도전서 13장 바울의 말을 인용하면 사랑은 온유하며 오래 참고 교만하지 않고 자기를 내세우지 않는다고 했다. 그 국화가 그대이길 나는 바란다는 시인의 말에서 사랑의 깊이와 철학을 배울 수 있다. 국화는 흔하디흔한 가을의 꽃이다. 다만, 우리가 국화에 의미를 부여할 때 국화는 아내로 승화할 수 있는 것이다. 시인의 바람은 단순하다. 모나지 않고 잘 나지 않고 들판 이곳저곳에서 있는 듯 없는 듯 자신의 자릴 잘 지키고 있는 그런 사랑을 원하는 것이다. 시인 역시 아내의 가슴에 꺼지지 않는 등불이 되고 싶은 것이기에 그 사랑이 온전한 사랑의 실루엣으로 우리에게 남는 것이다. 청마 유치환의 말처럼 '사랑하였으므로 행복하였노라.' 그 말에 무슨 조건이 있으며 무슨 거대한 사치와 낭비와 교만과 오만과 독선이 존재할 것인가. 이종명 시인은 시인의 자격이 충분한 시인이다. 가짜 시인이 아닌, 진짜 시인이라는 생각이 든다.

원주 횡성 오일장날
아내와 둘이서 뽀작뽀작

호빵은 하나만 사고
어묵도 조금만 먹고
알뜰살뜰 시장만 보고
오자는 종알종알 아내

무거운 짐 들고 낑낑 낑
아내 뒤만 몇 시간 졸졸
짐꾼으로 따라가는 장날

닷새마다 찾아가는 왁자지껄 오일장
뻥튀기 할아버지, 어묵집 아주머니
늘 먼저 열리는 내 주머니 속 용돈
먹기 싫다는 뽀로통 아내 더 맛있게

볼거리 먹을거리 이야깃거리
한 줌 덤으로 행복 챙겨주는
사람과 사람들이 어우러져
따뜻한 향기 물씬 풍기는 삶터

장바구니 가득 담아오는 아내 마음
아내와 함께라서 손가락 꼽는
더 기다려지는 오일장날

-「아내와 오일장날」 전문

오일장, 5일마다 한 번씩 열리는 장날이다. 없는 것이 없는 오일장을 아내와 같이 다녀온 시인의 마음이 고스란히 전해져온다. 장에서 구매한 무거운 짐을 들고 아내의 꽁무니를 따라가는 시인의 모습이 우리네 삶의 모습이다. 스스로 짐꾼이라 칭하며 졸졸 쫓아가는 시인의 마음은 넉넉하고 푸근할 것이다. 어쩌면 아이스럽기도 하고 어쩌면 착한 남편의 모습이기도 하다.

볼거리와 이야깃거리 그리고 한 줌 더 얹어주는 인심, 복잡한 셈법이 아닌, 기분 내키는 대로 인심과 정을 담아 한 줌 더 주는 마음속에 한국식 정이 스며있다. 이익보다는 정情에 초점을 맞춘 오일장의 모습이 복잡한 현대를 사는 우리에게 시사하는 것이 크다. 모두 다 가지려고 하면 아무도 얻을 수 없는 것이 인생의 이치이거늘, 반면 모두 주려고만 하면 모두가 가질 수 있는 것을 알면서도 나만 소유하고 싶어 하는 욕심에서 분쟁은 시작되며 분쟁은 전쟁이 되는 것이다.

시인의 말처럼 "늘 먼저 열리는 내 주머니 속 용돈"이 무엇이 아까울까. 하나라도 더 뭐라도 사주고 싶은 남편의 마음은 얼마나 선한 그림인지, 그렇게 저렇게 실랑이하다 장바구니 가득 담아오는 아내의 마음을 읽는 시인과 시인의 가족과 주변들, 그리고 이웃들, 선하게 사는 사람들의 모습이다. 치열하고 각박한 다툼이 아닌 주고 싶어 안달하는 나눔과 베풂의 선한 행동에서 삶은 우렁우렁 신선한 잎을 피우고 꽃을 피우는 것이라는 생각이 든다. 이종명 시인의 작품은 한편 한편이 삶의 자세이며 올바른 삶의 양태를 지양한다. 아내와 함께라서 손가락 꼽는 오일장이라고 한다. 중요한 것은 함께라서라는 말이다. 더불어, 같이, 나와 함께, 당신과 함께, '함께'라는 단어의 중심축은 내가 아닌, 당신이다. 무게중심을 '더불어'라는 가치에 두고 살아간다는 말이다. 그것은 마치 짐꾼으로 따라가는 장날과 같은 의미를 갖는다. 사랑은 말이 아니다. 실천이다.

포장이 잘된 껍질이 아닌, 내용물의 진실성에 그 가치를 두고 산다는 시인의 뒷모습이 못내 어룽거릴 듯하다.

꽃다운 스물네 살
선생님이 좋아서
선생님이 되었습니다

설렘과 떨림의 첫 발령
아이들과 향긋한 첫눈맞춤
서투른 첫사랑 가슴속 아련히 머뭅니다

가르치랴 일하랴 배우랴
아이들 키우랴 남편 뒷바라지
이리 바삐 저리 바쁘게 살아온

속절없이 흘러간 빚 같은 사십 년

걱정하나 켜고
신경 둘 켜놓고
온몸 녹인 일평생 가르침의 길

한 땀 한 땀 교육으로 헌신했으니
당신은 올곧은 참 교육자여라

가르침의 항해가 항구에 닿아
사뿐사뿐 교육에서 내려올 때까지
교육 하나 내려놓고 행복 둘 가져오게
천년 사랑 아내 안에 봄만 가득하게 하소서

-「교육하나 내려놓고」 전문

이종명 시인의 아내 역시 교직 생활을 하고 있는 선생님이다. 24세쯤에 선생님이 되어 첫 발령을 받고 지금까지 평생을 교육 현장에 몸을 바쳤으니 그것 자체로도 대단히 어렵고 존경할 일이다. 그러면서도 한 땀 한 땀 교육으로 헌신하였으니, 그 헌신에 대한 이종명 시인의 헌사는 아내에게 당신은 올곧은 참교육자라고 한다. 남편에게 들을 수 있는 최대한의 말이다. 사랑한다. 예쁘다. 아름답다. 좋은 말도 많지만 올곧은 참교육자라는 말은 상대방에 대한 최대한의 존중이며 마음속 진실에서 우러

나오는 참말임을 쉽게 알 수 있다. 누가 배우자에게 이런 말을 들을 것인가? 행복이란 물질이 아닌 정신적이라는 것을 배운다. 이런 말을 들으면 헛산 것이 아니라는 생각이 들고 삶에 오점이 없다는 생각이 들 것이며 그것이 아내를 행복한 여자로 만들 것이다. 좋은 곳, 좋은 자리에서 좋은 식사를 해도 홀로 하는 식사라면 그 맛은 반감될 것이며, 더욱이 땀 흘려 번 돈이 아닌 느닷없이 생긴 돈이라면 더욱 경계해야 할 것이다. 이종명 시인은 말의 가치를 돈으로 환산할 수 없는 가치를 갖고 있다. 부부는 행복해야 할 권리가 있다. 다만, 그 전에 선행되어야 할 것은 서로에 대한 무한 신뢰와 존경이다. "교육 하나 내려놓고 행복 둘 가져오게 하소서" 하는 시인의 바람이 소박하면서도 진솔하다. 그렇게 두 사람은 익어가는 것이다. 늙은 것이 아니라.

제3부는 소제목을 가족이라고 했다. 타이틀은 아버지를 위한 시라는 내용으로 구성했다. 제3부의 가장 첫 번째 작품을 소개하고 싶다.

썩은 동아줄 붙잡은 호랑이 이야기 들려주시고
비 온 날 징검다리 업어서 건너 주시며
늘 내 등 뒤에 있었던
든든한 버팀목인 아버지의 봄

온몸 부서져라 일하시며
아파도 아프다
울고 싶어도 울지 못하는
내 인생에 내가 없이
내 인생이 아닌 네 인생을 산
속울음 가득한 아버지의 여름

헌시, 감사장, 감사패
일생 담은 동영상
아들 등 업히시어
팔순에 울컥울컥
환하게 웃으시던 아버지의 가을

쪼글쪼글 주름진 얼굴
휘청 굽은 허리
잘 들리지 않은 귀
절룩절룩 저는 다리
흐릿흐릿한 눈
늙고 초라한 아버지의 겨울

아버지에게 처음 편지를 씁니다
가난해서 짧은 배움이었지만
끝없이 노력하고 인내하며 겸손하라는
가르침 주신 큰 스승 최고의 아버지라고

다음 생애에는
아버지의 아버지로 태어나
추워도 마르지 않고
뿌려도 줄지 않는
샘물 같은 그 사랑
넘치게 갚고 싶습니다

-「아버지의 사계四季」 전문

아버지, 어머니는 그 단어 자체로도 시가 되는 말이다. 아버지 어머니에 대한 기억은 아무리 세월이 지나도 선명한 부조처럼 가슴에 맺혀있는 법이다. 아버지에 대한 최고의 찬사는 아들의 삶에 있어 큰 스승이라는 말이다. 다음 생에는 아버지의 아버지로 태어나 내게 주신 그 사랑을 반드시 갚겠다는 다짐을 이종명 시인이 하고 있다.

내 인생에 내가 없이 내 인생이 아닌, 네 인생을 산 아버지. 아버지의 사랑은 가족에 대한 헌신 그 자체였을 것이다. 이제나저제나 아들을 기다리는 어머니의 심정과 속울음 가득한 아버지의 여름, 울고 싶어도 울지 못하는 삶의 방정식 속에서 팔순을 넘겨 그제야 환하게 웃으시던 아버지를 그리워하는 시인의 심정이 글에 온전하게 담겨있다. 작품을 읽으며 소위 말하는 요즘 MZ세대에게 들려주고 싶은 생각이 들었다. 편리하고 합리적인 생활에 만족하며 살지만 질박한 정이나 소박한 나눔이나 가족에 대한 연민이 부족한 시대. 어쩌면 이기적이고 배타적인 그들의 모습에서 암울한 미래가 보인다면 어불성설일까 싶다. 아버지를 존경한다는 것은 화려한 수식어보다 더 화려한 말이다. 껍질의 말이 아닌, 내면의 소리이며 소중하게 간직한 내 존중의 기억이다. 아버지의 사계를 지나 처음으로 아버지에게 편지를 쓴다는 이종명 시인. 샘물 같은 그 사랑 넘치게 갚고 싶다는 편지 구절이 새삼 나를 반성하게 한다. 필자 역시 아버지에게 편지 한 통 쓰지 못한 이 땅의 대다수 중 한 사람이기 때문이다. 이종명 시인의 작품을 읽다 보면 맑고 투명해진다. 그 글의 물속을 헤엄치는 버들치 몇 마리가 보일 것 같다. 청정 1급수에서만 사는 금강모치, 산천어, 열목어의 자유분방한 헤엄이 보이는 것 같다. 그 속에서 나도 물 한 모금 손에 그러쥐고 더운 여름날 벌컥 마시고 싶다. 시가 깨끗하다. 맑다. 투명하다. 시인이 시인의 아버지에게 제대로 배운 것 같다. 삶에 대해.

큰 눈망울 곱게 뻗은 뿔 누렁소
아직도 귀가에 어렴풋이 들려오는
구슬픈 음매 음매 울음소리
밭 갈고 논 갈며 새끼 낳고
등 시퍼렇게 뼈 휘어지도록
일만 하다 늙어 팔려 간 누렁소

등에 진 무거운 짐

가족 향한 꺾이지 않는 마음
고통의 멍에 홀로 짊어진
소가 된 아버지

자기 일에 즐거워하는 것보다
더 나은 것이 없다는
소처럼 쉼 없이 일만 하다가
죽어서 가죽이라도 남겨주고픈

평생 소로 살아온 아버지

-「소가 된 울 아버지」 전문

일만 하다 늙어 팔려 간 누렁소에 빗대 아버지를 생각하는 시인의 심정이 고스란히 보인다. 등짐을 지거나 밭고랑을 매거나 늘 묵묵하게 주인이 이끄는 대로 걷던 소의 걸음. 어쩌면 가족을 향한 아버지의 마음은 소와 같다는 생각이 든다. 그러면서도 아버지는 늘 자기 일에 즐거워하는 것보다 더 나은 것이 없다며 우리를 위안해 주던 아버지의 등, 더 이상 남겨줄 것이 없는 것 같은데 가죽이라고 남겨주고 싶은 아버지, 평생 소로 살아온 아버지의 모습, 그 자체가 한 편의 시며 한 편의 그림이며 한 편의 작품이다. 그런 아버지를 기억하는 시인의 회상 어느 한 꼭지에 아련한 그리움이 솟을 것이며 진중한 그리움이 배일 것이며, 그 아픔의 순간에 동참하지 못한 질책과 후회가 남을 것이다. 사랑은 내리사랑이라고 한다. 하지만 그 내리사랑을 실천하는 사람은 그렇게 많지 않다. 각박한 세상일수록 자기 살기 바쁜 것이 인생이며 우리는 그 인생이라는 질곡의 창고 속에서 허우적거리며 사는 것이다. 그 반면 부모님의 생각은 다음에 소개하는 작품에 잘 나타나 있다.

비 오면 비 맞으랴 눈 오면 미끄러지랴
명절이면 차 밀릴라 생신이면 오지 마라
늙으신 부모님이 젊은 자식들 보살피는

-「부모라는 이름으로」 부분

부모는 그런 것이다. 보고 싶어도 오지 말라 하시고, 차가 밀리니 집에서 쉬라고 하신다. 너희나 잘 살면 된다 하신다. 그 마음 깊은 곳에 내보이기 싫은 진심을 가린 채, 오직 자식들만 생각한다. 그것을 알아야 하는 데 그것을 이용하는 사람들이 더 많은 것 같아 아쉽다. 요즘 시대, 문화가 발달하고 소득수준이 높아지고 세계화하는 시대에 과연 우리는 우리의 부모에게 얼마나 친절하게 전화 한 통이라도 드리는지? 아프게 반성해야 한다. 이종명 시인이 우리 시대에 던지는 메시지다.

3. 맺으며

서두에서도 언급했지만 시는, 시 쓰기는 자기 고백이다. 시 읽기는 누군가의 고백과 성찰에 나를 비춰보는 일이다. 반성하며 어제와 다른 내가 되는 일이다. 시의 순기능이다. 시를 왜 쓰냐는 질문을 많이 한다. 때론 시인 소리를 듣기 위해서, 때론 멋있어 보여서 때론 지적인 사람으로 보이기 위해서 등등의 말을 뒤에 감춘 채 고상하게 이야기한다. 시가 좋아서요. 시의 무엇이 좋습니까? 하면 답을 못 한다. 시가 뭔지 모른다는 말이다. 시에 대한 자기 주관이 없다는 말이다. 자기 논리조차 존재하지 않는 작품, 색깔이 선명하지 않은 작품은 밋밋하다. 수사만 화려하고 막상 먹을 것은 하나도 없다. 다만 구름일 뿐이다.

하지만 이종명 시인의 시는 먹을 것이 많고 반성할 것이 많고 성찰할 것이 많다. 맛있는 뷔페면서 동시에 다시 오고 싶은 음식점이다. 시인의 동시, 시조, 시 모두 시적 질감보다는 시적 환기와 명징한 메시지가 독자를 주목하게 만든다. 문장은 짓는 것이 아니라, 우러나는 것이다. 마음 깊은 곳에서 진하게 우러날 때, 우리는 감동하는 것이며 외길 인생을 바로잡는 지름길이 되는 것이다. 아주 많이 지친 날, 이종명 시인의 시집 『첫시간 첫마음 첫호흡』을 손에 쥐어보자. 어쩌면 그곳, 그 페이지에 내가 그토록 찾아 헤매던 삶의 진솔한 목적지가 숨어 있을지도 모른다. 그것을 발견하는 즐거움으로 한동안 즐거울 것이다. 마지막으로 '제4부 고운 인연' 중 한 작품을 소개하며 맺는다. 좋은 시집에서 참다운 나를 발견하길 소망한다.

벽

내가 벽이다
네가 벽이다
모두 벽이다
오만과 편견으로 만든 벽

나만 옳으냐
너만 옳으냐
모두 옳으냐
힐난과 비난으로 만든 벽

삐뚤어진 사상 곪아 터진 마음
독선과 아집 독살스러운 말
차가운 시선 냉대와 무시 조롱

내가 만드는 벽
네가 만드는 벽
끼리 만드는 벽

벽 안에 또 벽 그 안에 벽
나만 최고고 잘나니
끼리 잘나고 최고니
뭉개고 뭉개고 뭉개고

벽보기 부끄러운 인간 벽

첫시간 첫마음 첫호흡

이종명 지음

발행처 도서출판 청어
발행인 이영철
영업 이동호
홍보 천성래
기획 육재섭
편집 이설빈
디자인 이수빈 | 김영은
제작이사 공병한
인쇄 두리터

등록 1999년 5월 3일
(제321-3210000251001999000063호)

1판 1쇄 발행 2024년 7월 25일

주소 서울특별시 서초구 남부순환로 364길 8-15 동일빌딩 2층
대표전화 02-586-0477
팩시밀리 0303-0942-0478
홈페이지 www.chungeobook.com
E-mail ppi20@hanmail.net

ISBN 979-11-6855-263-0(03810)

이 시집은 원주문화재단의 2024년 문화예술지원사업으로 발간되었습니다.